FOLIO JUNIOR

W9-CNE-681

Ce texte a été précédemment publié aux éditions Rageot en 1999

© Éditions Rageot, 1999, pour le texte.
© Éditions Gallimard Jeunesse, 2004, pour les illustrations.

T 9276

Lorris Murail

Dan Martin
file à l'anglaise

Illustré
par Rabaté

FOLIO JUNIOR
GALLIMARD JEUNESSE

Trois légendes tenaces circulent au sujet de l'Écosse. Un : il pleut tout le temps. Deux : il y a un monstre dans le loch Ness. Trois : les Écossais sont radins. Au moment de commencer le récit de cette aventure, je suis dans la pénible obligation d'admettre que deux au moins de ces trois assertions ne sont pas vraiment des légendes.

La lettre de confirmation adressée par Ned Callaghan m'était parvenue un mardi matin. Comme d'habitude, elle était rédigée dans un français des plus convenables. Ned me paraissait même avoir accompli de nouveaux progrès dans notre langue depuis quelques mois. Donc, l'invitation des Callaghan tenait toujours. Je serais l'hôte d'Hazelnut Manor à partir du 20 juillet, pour une dizaine de jours. Bien que Ned me fût apparu, à travers ses lettres, comme un garçon plutôt sympathique, la perspective m'emballait modérément. En effet, si mon correspondant témoignait dans ses missives d'une bonne connaissance du français, mon anglais ne s'était pas amélioré de manière aussi notable. D'où, me dira-t-on, l'utilité de ce séjour linguistique.

À l'origine, je n'avais accepté qu'à contrecœur cette idée d'un échange de courrier avec un jeune Anglais, qui d'ailleurs se révéla écossais. Aussi brèves qu'espacées, nos premières lettres ne contenaient guère que des banalités. Peu de choses nous rapprochaient. Ned avait une sœur, j'étais fils unique. Il vivait à la campagne et moi en banlieue parisienne. Il adorait la chasse et me disait merveille de la grouse, aussi délicieuse à manger que passionnante à débusquer. Pour ne pas le froisser en lui livrant le fond de ma pensée, je lui fis savoir que je n'y connaissais rien. Finalement, il me proposa d'écrire moi aussi en français, ajoutant : « comme ça, tu trouveras peut-être quelque chose d'intéressant à raconter ». Je m'exécutai avec reconnaissance. Alors, pour la première fois, je mentionnai le fait que, parallèlement à mes études, je menais une carrière de détective. Apparemment, cela le fascina. Quelques jours plus tard, je reçus une longue liste de questions. Ned voulait tout savoir.

Je lui décrivis mon bureau, modeste cabane de jardin sur la porte vitrée de laquelle on peut lire :

Dan Martin
Détective

Martin. Prononcer « Martine. » Mais l'écrire sans e, s'il vous plaît.

Ensuite, dans chaque lettre, je lui fis le récit d'une de mes enquêtes. Mes succès et mes échecs. Je couvrais souvent plusieurs pages de mon écriture serrée. En retour, Ned me félicitait, me posait de nouvelles questions. Quand un point manquait de clarté, il le relevait et m'interrogeait. Puis un jour, en gros, en anglais et en français, il m'envoya sur une feuille de papier quadrillée le message suivant :

*Il faut absolument
que tu viennes
à Hazelnut Manor.*

Comme je l'ai dit en commençant, l'immersion linguistique dans une famille écossaise ne me tentait guère. Ned insista. Au collège, mes notes en expression orale militaient en faveur du séjour. Le 20 juillet, je m'envolai pour l'Écosse.

Chapitre 1

Le vol entre Paris et Londres s'est aujourd'hui presque effacé de ma mémoire. Je me souviens à peine de l'avion suivant, entre Londres et Inverness. L'aventure commence là, en Écosse, au moment où je monte dans un premier car postal, l'un des « postbus » qui sillonnent le pays. D'après les indications détaillées fournies par Ned Callaghan, Hazelnut Manor se situait à environ quarante kilomètres au sud-est d'Inverness, dans une région marquant à peu près la limite entre les Highlands et les Grampians, non loin de la vallée de la Spey et de sa célèbre route du whisky.

Je collai mon nez à la grande vitre froide dans

l'espoir d'apercevoir le loch Ness, que je savais proche, mais le car s'éloigna d'Inverness sans m'offrir le plaisir de cette découverte. Peut-être n'était-ce que partie remise. Depuis quelques jours, je me demandais si Ned ne m'avait pas invité dans le but de traquer Nessie, la mystérieuse créature qui hantait le lac. Il semblait accorder tant d'importance à mes talents de détective...

Le premier postbus était lent, vieillot et s'arrêtait tous les trois kilomètres. Franchement poussif, le second faisait une pause dans chaque village, pour ne pas dire devant chaque porte. En y montant, j'avais montré au chauffeur la lettre de Ned. Le brave homme m'avait gratifié d'un long discours dont je n'avais pas compris un traître mot. M'avait-il bien promis de me signaler le moment où je devrais descendre ? Je l'espérais ardemment. Plus le parcours s'allongeait, plus je tremblais à l'idée de manquer le bon arrêt. Toutes les cinq minutes, je me redressais et brandissais la lettre au-dessus de ma tête. Le chauffeur ne se retourna jamais.

Soudain, il se mit à parler, vite et fort, en roulant les r de façon effrayante. Le car stationnait en rase campagne. Les trois ou quatre derniers passagers se tournèrent vers moi d'un air impatient. Je me levai précipitamment. Par signes, je m'assurai auprès du chauffeur que mon tour était venu.

– *The letterrr.*

– *Sorry ?*

– *The letterrrrr !*

La lettre. Il l'examina, interpella un vieil homme assis à l'arrière du car puis se lança dans un interminable exposé géographique. Je pense qu'il essayait de m'indiquer le chemin à suivre. Je hochai la tête en répétant : « OK, OK », serrai la main qu'il me tendait puis agrippai la poignée de ma valise.

Je descendis et me perdis avant d'avoir accompli le premier pas, n'ayant pas la moindre idée de l'endroit où je me trouvais. *Rrrright, then rrright again, then...* Dans cette lande déserte, les mots prononcés par le chauffeur, tels qu'ils résonnaient encore à mes oreilles, n'étaient d'aucune utilité. A droite, encore à droite mais de quoi ? Je choisis une direction au hasard, dans l'espoir de croiser tôt ou tard un indigène sachant s'exprimer en français ou, à défaut, dans un anglais ressemblant à celui qu'on enseignait dans les collèges.

– *Hey ! boy !*

C'était bien moi qu'on hélait ainsi. De l'autre côté de la route, un Écossais à béret et cheveux blancs agitait sa canne. Je reconnus le vieil homme qui voyageait au fond du car.

– *Hazelnut Manorrrr ?*

Si je voulais survivre dans ce pays, il faudrait que je m'habitue au roulement des rrrrr.

– *Yes, sirrrr*, dis-je. *Please.*

Avec sa canne, il désigna un point situé dans le lointain. Et, comme il se mettait à marcher dans cette direction, je l'accompagnai. Notre promenade dura une dizaine de minutes, pendant lesquelles mon guide ne cessa pas un instant de parler. Je ne saisis rien au sens général de son discours mais identifiai de nombreux mots, en particulier Hazelnut Manor, qui revenait très souvent.

Quand le vieil Écossais fit enfin halte, je constatai

avec soulagement et reconnaissance qu'il m'avait conduit à destination. Je le remerciai chaleureusement. Là-bas, entre deux imposants piliers de pierre en voie d'effondrement, posé de travers à la fin d'une longue plaine de bruyères, de fougères et d'arbrisseaux, s'élevait le manoir. Sombre, solide comme une forteresse. Les murs étaient hauts et les toits courts, les fenêtres nombreuses et minuscules. Comme sur les photos que j'avais reçues un mois plus tôt.

Pour la première fois, je songeai : ça y est, je suis en Écosse. Et, en ce mois de juillet, si l'éclaircie persistait, la température ne tarderait pas à atteindre les quinze degrés. Hélas, le temps de traîner ma valise jusqu'au perron du manoir et une douce pluie se mettait à tomber.

En chemin, je n'avais cessé de pester contre Ned, estimant qu'il aurait pu faire l'effort de m'accueillir à l'arrêt du car. Quelques minutes plus tard, ma mauvaise humeur avait gravi un cran et je me disais que ce satané garçon, quand même, aurait pu se trouver chez lui au moment de mon arrivée !

Mr. et Mrs. Callaghan, cependant, semblaient m'attendre. Je fis leur connaissance dans le grand hall nu et glacial qu'on découvrait en haut des marches du perron. Ils me saluèrent avec jovialité en roulant le r de *french* comme « français » et de Martin... comme moi. Quant au ch de *french*, il sonnait de façon gutturale, quasi germanique. A cela aussi, je m'habituerais.

Les Callaghan regardèrent autour d'eux, comme s'ils cherchaient quelque chose. Leur fils Ned, peut-être. Mais Ned, m'expliquèrent-ils, n'était pas là. *Hunting.* Le mot m'était connu. A la chasse. Ned chassait. Cela paraissait les désoler. Pas tant que moi, néanmoins. Ils fouillèrent encore des yeux le hall désert. Sans plus de succès. Puis Mrs. Callaghan s'exclama :

– *The girrrrl ! She knows some frrrrench.*

Elle s'éloigna par une enfilade de pièces, à droite du grand escalier de pierre, me laissant face au sourire édenté de son mari Herbert. Il hocha la tête, huit ou dix fois, en silence. Mais elle, Rose Callaghan, criait maintenant dans tout le manoir :

– Lucy ! Lucy !

La sœur de Ned fit bientôt son apparition. Quatorze ans. Pas très grande. Rouquine. Marrante. Insupportable. Telles étaient les indications que Ned m'avait fournies dans sa correspondance. Ce qu'il ne m'avait pas dit, c'est que Lucy ressemblait si peu à ses parents et que son allure jurait tellement avec le cadre austère du manoir. Vêtue d'un sweat-shirt gris XXL et d'un jean cisaillé aux genoux, elle approcha en sautillant dans ses baskets rouges, dont les lacets défaits traînaient sur cinquante centimètres. Sur les lèvres, sur les pommettes, sur le nez, sur le front, Lucy portait les stigmates d'une vie agitée : gnons, bleus, balafres. On aurait dit que le vent de la lande était resté emmêlé dans ses cheveux roux presque crépus.

Elle me tendit la main et je serrai une poignée molle de tissu, attrapant à peine le bout des doigts au fond de la manche.

– *Hello !* lança-t-elle. Ça me dégoûte de faire ta connaissance.

Les paroles de bienvenue étaient inattendues mais l'accent ne manquait pas de charme.

— Euh, dis-je. Moi aussi.

Peut-être n'avais-je pas très bien entendu.

Lucy échangea quelques mots avec sa mère. Puis la gamine donna un petit coup de pied dans ma valise et me désigna le sommet de l'escalier en sifflant entre ses dents. Ce qui pouvait se traduire ainsi : « Ramasse ta valise et suis-moi, c'est là-haut que ça se passe. » Je songeai que nous allions bien nous entendre, elle et moi.

Elle partit en courant, monta les marches à grands bonds en les fouettant de ses lacets, faillit s'étaler au milieu, et s'assit pour m'attendre sur le dernier degré, le menton entre les poings.

Dès que j'eus fini de gravir l'escalier, à mon rythme, elle sauta sur ses pieds comme un marsupilami, s'écriant :

— Viens ! Je vais te montrer mon cul.

— Euh, dis-je (au risque de me répéter).

Le couloir faisait un coude. Au fond, Lucy ouvrit une porte. Je la suivis avec circonspection.

— *For you*, dit-elle.

Pour moi.

— *Your room.*

C'était ma chambre. Grande, humide, froide. Je devinai qu'elle n'avait pas été occupée depuis bien longtemps : la température m'y sembla plus basse encore qu'ailleurs dans le manoir. Lucy tournait sur elle-même au milieu de la pièce, en battant des ailes avec ses manches de sweat, histoire de s'occuper pendant que je me familiarisais avec les lieux. Un lit large et grinçant, couvert d'un édredon râpé à losanges roses, d'où s'exhalait une odeur de moisissure. Un banc de bois. Un portemanteau. Une cheminée murée. Trois gravures montrant des hommes et des tonneaux. Une lampe posée par terre. Une chaise paillée, un bureau composé de tréteaux et d'un plateau de contreplaqué.

Lucy surprit mon regard. Avec un sourire à faire fondre, elle m'invita à examiner de plus près ce qui se trouvait sur le bureau. Deux objets. Une loupe. Une bouteille de whisky.

– C'est des merdes pour toi, me dit-elle.

– Merci.

Lucy se dirigea vers la porte pour se retirer. Puis elle changea d'avis et s'immobilisa en se grattant la tête, comme si elle avait oublié quelque chose.

– *Oh ! Yeeees !*

Elle agita son bras long de deux mètres, souhaitant apparemment que je ressorte de la chambre en sa compagnie. Là, en face, il y avait une autre porte. Lucy lui tourna le dos et l'ouvrit d'un violent coup de talon.

– Tu peux crever, si tu veux, me confia-t-elle gentiment.

Derrière elle, j'apercevais un vieux lavabo de pierre, un broc, un savon noir et une éponge. Cette fois, Lucy en avait terminé avec les amabilités. Mais je n'étais plus décidé, moi, à la laisser s'éloigner sans lui avoir donné un complément d'information sur le bon usage du français. Je l'attrapai par la taille, la soulevai et la balançai sur le parquet de ma chambre.

Lucy ouvrait de grands yeux stupéfaits, verts. Elle hurla quelque chose comme :

– Waouah !

Se releva. Me tua du regard. Découvrit ses canines. Retroussa ses manches.

Fonça sur moi, toutes griffes dehors.

Lucy était folle furieuse mais je n'eus guère de mal à la maîtriser. Je la repoussai une fois, deux fois, puis l'envoyai atterrir sur le lit. Le sommier émit un craquement terrifiant. La jeune Callaghan jeta autour d'elle des regards de bête traquée. J'aurais juré qu'elle cherchait une arme.

– Et maintenant, m'écriai-je, tu vas t'expliquer !

Lucy haletait, attendant le moment de bondir pour m'échapper.

– Tu ne sortiras pas d'ici avant d'avoir répondu à deux ou trois questions, lui certifiai-je. Pour commencer, peut-on savoir où tu as appris à t'exprimer si bien en français ?

– *What ?*

Elle changea de stratégie et se mit à gémir, à me supplier de la laisser partir.

– *Please*, Ducon, *please !*

Ducon ? Je levai la main, sur le point de la frapper. Mais c'eût été entamer mon séjour au manoir de manière un peu fâcheuse.

– Vas-tu me dire enfin ce que signifie...

Je m'interrompis net, surprenant dans les yeux

de Lucy un trouble sincère, et même une sorte d'océan d'incompréhension. Un doute m'assaillit. Je lui empoignai le visage pour l'obliger à me regarder en face et l'interrogeai calmement, en articulant.

– Est-ce que tu comprends le français ?

– ...

– Pourquoi est-ce que tu le parles, alors ?

– ...

Je renonçai.

– *Okay.*

Et je me résignai à parler en anglais. Après tout, il s'agissait essentiellement pour moi d'un séjour linguistique. D'ailleurs, n'étudiais-je pas la langue des Spice Girls depuis plusieurs années, à raison de deux heures par semaine ? Bref, j'étais censé causer british de façon intelligible. Mais scottish, peut-être pas.

Finalement, cela me vint beaucoup plus aisément que je ne l'aurais cru.

Exemple :

– *Why do you call me* Ducon ?

Traduction pour les flemmards qui ont pris italien première langue : « Pourquoi me désignes-tu de cette manière erronée et si peu courtoise ? »

– *And... miss Lucy... a nice young girl like you never shows her ass to a boy ! And... euh... I don't want to die in the bathroom. And ... euh... this is not a shit... this is a bottle of whisky !*

Cette fois, il est possible que la traduction s'impose même pour ceux qui font anglais première langue. « Miss Lucy, lui exposai-je calmement mais fermement, une jeune fille comme il faut ne montre pas son postérieur à un garçon, pas plus qu'elle ne lui suggère de périr dans le cabinet de toilette ni ne songe à comparer une bouteille de whisky à un excrément. » Lucy, qui faisait anglais depuis la naissance, me considéra d'un air ahuri.

– *Do I speak chinese ?*

Hein ? Est-ce que je parlais chinois ? La gamine secoua lentement la tête : non. Alors, à mon grand embarras, je vis que des larmes commençaient à couler sur ses joues.

Mieux vaut résumer la suite de notre conversation, qui fut assez longue et quelque peu laborieuse. J'eus cependant le plaisir de constater que l'anglais me venait en parlant, comme on dit que l'appétit vient en mangeant. Au bout d'une demi-heure, je ne cherchais presque plus mes mots. Et, surtout, Lucy avait cessé de grommeler *what* ou *sorry* ou *beg your pardon* ? à la fin de chacune de mes phrases pour m'indiquer qu'elle n'avait rien compris. Elle prit vite l'habitude d'articuler posément et de corriger sa prononciation écossaise. Lucy, découvris-je, était une jeune personne remarquablement intelligente. Hélas, elle ne possédait pas la plus petite notion de français.

Résolu à consacrer sa journée à la chasse, Ned avait confié à sa jeune sœur la noble mission de m'accueillir. Il lui avait expliqué que mon anglais n'était guère fameux et que je risquais fort de ne rien saisir de ce qu'elle me dirait. Dans la délicate intention de faciliter la communication entre elle et moi, il avait entrepris, la veille, d'enseigner à Lucy quelques phrases qu'il lui suffirait de me répéter à propos. Une de bienvenue, une pour me conduire jusqu'à la chambre et ainsi de suite.

J'aurais voulu manifester à ce sujet un certain tact mais Lucy insista tant que je dus lui laisser entendre le sens des paroles qu'elle avait prononcées. Elle passa par toutes les couleurs, blêmissant de rage, rougissant de honte. Je répondais à ses questions en riant afin de détendre l'atmosphère. Il ne s'agissait que d'une bonne plaisanterie, non ? Mais elle n'était pas du goût de la gamine. Sa colère ébranla les murs de la chambre. Lucy me certifia qu'elle allait tuer Ned et qu'elle s'y emploierait dès qu'elle aurait trouvé une façon réellement effroyable de le massacrer. J'appris de la sorte une nouvelle expression, équivalant à peu près dans notre langue à « dans d'atroces souffrances ». L'espace d'un instant, je surpris dans les beaux yeux verts de la petite Callaghan une lueur qui me glaça les sangs.

Alors, pour détourner son esprit de cette tentation meurtrière, je lui soufflai qu'elle était sûrement assez maligne pour inventer une vengeance moins sanglante et plus originale.

Elle réfléchit trente secondes puis s'exclama :
– *Yes ! Oh yes !*
C'est alors qu'elle me demanda si j'étais vraiment détective. La présence sur le bureau d'une loupe et

d'une bouteille de whisky semblait indiquer qu'une solide réputation m'avait précédé en Écosse. Mais, apparemment, on ignorait si je travaillais à la britannique, courbé sur les indices, ou à l'américaine, inspiré par des visions moins terre-à-terre...

L'été, sous ces latitudes, la nuit fait juste une brève apparition. Cela pour dire que Ned, profitant de la lumière de ces jours interminables de juillet, prolongea sa partie de chasse jusqu'à une heure assez avancée. Quand je fis enfin sa connaissance, il était près de sept heures du soir.

Ned était long et maigre. Roux comme sa sœur, mais le cheveu plutôt rare, il paraissait nettement plus que ses seize ans. Je le découvris dans le grand hall du rez-de-chaussée, en train de changer de tenue. Sa parka et ses bottes gisaient sur le carrelage glacé. Il avança vers moi en chaussettes. Curieusement, il avait conservé ses gants et tenait toujours sous le bras son fusil cassé en deux.

Ned m'étreignit comme s'il retrouvait un ami perdu de vue depuis une éternité.

Enfin, il s'excusa. Brandissant le fusil sous mon nez, il commenta :

– Tu connais ma passion. Je voulais chasser en ton honneur. Je n'ai pas vu le temps passer.

Son français était aussi bon à l'oral qu'à l'écrit, réellement excellent. Je m'abstiendrai de reproduire ici ses quelques erreurs de genre et fautes de conjugaison. C'était un si grand plaisir d'avoir au manoir un tel interlocuteur que je lui pardonnai sans peine son accueil pour le moins cavalier.

Ned enfila un pull et une paire de grosses chaussures de marche puis me proposa une promenade dans le parc en attendant l'heure du dîner. En vertu peut-être d'une curieuse coutume locale, il me prit par le bras et me conduisit à la façon dont les jeunes gens d'autrefois conduisaient leur bien-aimée. Ned se montra jovial et bavard, et j'en vins bientôt à oublier la mauvaise blague qu'il m'avait réservée en guise de bienvenue : cela lui ressemblait si peu.

Le domaine des Callaghan n'avait pas de limites précises, ignorant les haies et les clôtures. Il comprenait des hectares et des hectares de terres incultes, d'herbes folles, d'arbrisseaux et de bruyères. Çà et là s'élevait un arbre vénérable, un vieux hêtre, un saule échevelé, un frêne tordu par les vents.

Ned me mena vers les étangs pour m'y faire écouter les grouillements de ce qui vivait alentour. Le domaine regorgeait de gibier, canards, faisans, lièvres, chevreuils, cerfs...

– Tu as tué tout cela aujourd'hui ? lui demandai-je.

Il sourit sans répondre et me força à m'agenouiller près de lui. Puis il plongea la main dans la bruyère pour en arracher quelques poignées.

– Au printemps, quand il a fait un peu sec, je mets le feu. La bruyère brûle très bien. Après, elle repousse. Tu vois ?

Il ouvrit des yeux pétillants, une bouche vorace.

– La grouse..., souffla-t-il.

La grouse est le gibier roi des landes écossaises. Chez nous, on dirait le coq de bruyère.

– Eh bien quoi ? demandai-je.

– La grouse aime les jeunes pousses de bruyère. Alors, elle vient ici se régaler. Et moi...

Il épaula un fusil imaginaire et tira dans les taillis.

J'applaudis. Ned regarda sa montre.

– Hum ! Je crois qu'il est l'heure de rentrer. Est-ce que tu sens l'odeur ?

– Non.

– La graisse fond et la chair devient tendre, si tendre...

Il s'emplit les poumons à fond, expira avec délices.

– Vraiment, tu ne sens pas ?

Nous nous trouvions à près d'un kilomètre du manoir et, d'après mes constatations, le vent ne soufflait pas dans la bonne direction. Même Sherlock n'aurait pu humer le divin fumet de la grouse. Nous pressâmes le pas pour rentrer mais n'échappâmes pas à la première pluie de la soirée.

Les parents Callaghan n'étaient pas très expansifs. La mère, qui faisait le service, passait plus de temps dans la cuisine que dans la salle à manger. Le père mangeait et buvait copieusement autant que bruyamment, mais ne participait guère à la conversation. Au début du repas, je m'efforçai de m'exprimer en anglais. Puis, voyant que seul Ned me répondait et qu'il le faisait dans ma langue, je cessai bientôt de m'acharner. Ce qui eut le don de mettre sa sœur en rage. Lucy considérait désormais le français avec la plus grande méfiance.

Mrs. Callaghan apporta d'abord une terrine de pâté de foie et des galettes d'avoine. Il me faut avouer qu'en acceptant l'invitation de Ned j'éprouvais quelque appréhension à la perspective de découvrir cette cuisine écossaise sur laquelle couraient les bruits les plus alarmants. Malgré son parfum insistant de liqueur de whisky, le « pâté des Highlands » me parut excellent.

Ensuite, après une longue attente entre les murs de pierre de la vaste et triste salle à manger, la maîtresse de maison déposa au centre de la table un plat fumant, garni de volatiles coupés en deux. Les fameuses grouses.

Un silence religieux se fit. Je goûtai. J'approuvai. Délicieux, vraiment. Puis, regardant Ned, je lui dis :

— Quel dommage, cher Ned, que tu sois revenu bredouille.

— Pardon ? Qu'est-ce que c'est, bredouille ?

Je le lui expliquai. Ned fronça les sourcils puis se mit à rire.

– Oh ! Dan, tu te moques de moi.

– Je sais bien que tu es un grand chasseur, Ned. D'ailleurs, j'ai senti tout à l'heure l'odeur de la poudre sur tes gants.

– Oui ?

– Fort légère, cependant. Je pense que ton dernier coup de fusil remontait à quelques heures.

J'avalai une bouchée.

– Dis-moi... as-tu tué ces grouses là où tu m'as conduit, près des étangs ?

– Certainement.

– Je n'ai pas vu de ronces, par là-bas. Où t'es-tu égratigné ? Le sang perlait encore là, juste sous ton oreille, ce soir, quand nous avons visité le parc.

– Oh ?

Instinctivement, il porta la main à l'endroit que j'indiquais.

– Il y a des ronces plus au nord, n'est-ce pas ? Quand on se dirige vers la Spey. Que chasse-t-on, par là ? Ne serait-ce pas plutôt le lièvre ?

– Si mais...

Il secoua la tête, souleva son assiette, y plongea le nez.

— Dan, Dan... C'est bien une grouse. Faut-il qu'on te serve les plumes ?

Je pris délicatement du bout de la fourchette un morceau de farce.

— Cette farce est exquise, dis-je, mais je lui ferai un reproche. Le foie n'a-t-il pas été oublié ?

Ned fronça les sourcils.

— Peut-être... je ne sais pas.

— Surprenant, non, de la part d'une cuisinière avertie comme ta mère ?

Les parents Callaghan nous écoutaient parler sans rien comprendre, mais avec une attention de plus en plus soutenue à mesure qu'ils sentaient monter la tension entre Ned et moi. Quant à Lucy, elle faisait de terribles efforts pour essayer de suivre notre dialogue.

— Et si tu lui posais la question ?

Ned ne put dissimuler son embarras.

— A mon avis, dis-je, ce foie a dû passer dans le succulent pâté des Highlands.

— Possible, admit imprudemment Ned.

Mon rire triomphal fit sursauter les parents Callaghan.

— Et comme ce pâté a été préparé depuis plusieurs jours...

J'avalai une nouvelle bouchée.

— Vois-tu, à mon avis, ces grouses datent de l'année dernière.

Ned se leva à demi de sa chaise, comme s'il se refusait à subir plus longtemps un tel affront. Il choisit pourtant l'humour.

— Eh bien, je trouve qu'elles ne sentent pas trop mauvais !

— Congelées, naturellement.

Il éclata.

— Comment... mais comment peux-tu savoir ? Qui te permet de...

— Oh, c'est très simple, mon cher Ned. Si le foie ne s'y trouvait plus, c'est qu'on les a éviscérées pour les congeler. Les foies, congelés à part, ont été mis dans le pâté. D'ailleurs, est-ce qu'on cuisine le jour même ce genre de volatile ? Je pensais qu'une grouse devait rester suspendue pendant quelques jours avant d'être consommée ?

Ned m'écoutait avec attention.

— En outre, nous sommes fin juillet... et je crois

bien savoir que la chasse à la grouse n'est ouverte qu'à partir du 12 août. *The Glorious Twelfth*... Est-ce bien ainsi qu'on dit ?

– Je vois... je vois...

Ned resta un long moment plongé dans de sombres pensées. Du coin de l'œil, j'observais Lucy qui, sans comprendre les mots, avait parfaitement suivi le déroulement du petit affrontement. Elle jubilait discrètement, le nez dans sa serviette. Enfin, Ned se leva et me salua de façon théâtrale. Il s'adressa alors à ses parents avant de répéter la même phrase en français :

– J'avais raison : Dan est bien l'homme qu'il nous faut.

Chapitre 2

De ce premier dîner, jamais, par la suite, il ne fut clairement question. Ma curiosité demeura donc en partie insatisfaite et de même, probablement, celle de Ned. Je ne sus pas ce qui l'avait poussé à me réserver un accueil aussi grossier, goût des mauvaises blagues ou désir de me mettre à l'épreuve. Je crois qu'à l'origine il avait projeté une partie de chasse à laquelle il n'avait pas voulu renoncer, même en mon honneur. Pour sa part, il continua sans doute longtemps à se demander d'où m'était venue une telle perspicacité, sans soupçonner à quel point Lucy avait éclairé ma lanterne. Je savais en tout cas que la petite Callaghan avait savouré sa vengeance.

Quoi qu'il en soit, la passion de la chasse gouvernait Ned. Quand il partait seul, le matin, plus rien n'existait. Surtout pas moi. Ses succès, pourtant, n'étaient pas toujours éclatants. Mais il rapportait parfois un lièvre, parfois un faisan, un canard, ou trois perdrix. Il tua même une grouse clandestine qu'il jeta triomphalement à mes pieds.

Une chose est sûre : Ned me battit froid pendant deux jours. Puis, le troisième, il vint frapper de bonne heure à ma porte. Sur le moment, je fus persuadé qu'il s'était enfin décidé à m'emmener arpenter la lande en sa compagnie. C'eût été volontiers, à condition de ne pas avoir à manier le fusil. Mais il n'avait rien de tel en tête.

Pendant que j'avalais mon porridge matinal (coutume à laquelle je commençais à m'habituer), Ned, qui avait déjà déjeuné, resta debout près de moi, l'air songeur.

– Tu te sers souvent d'une loupe dans tes enquêtes ? demanda-t-il soudain.

– Les occasions sont rares.

Je ne lui parlai pas du seul usage que j'avais fait

de l'instrument dans ma chambre, penché sur les colonies qui peuplaient certain placard : vus à travers le verre grossissant, les cafards du manoir ressemblaient à des tanks.

– Chacun ses méthodes, hein ? dit-il. Je pense que tu dois être un brillant détective.

Était-ce une allusion à la grouse congelée ? Je ne relevai pas.

– Je me débrouille.

– *Well, well...* Je vais te donner l'occasion de le montrer !

Je lui fis signe que j'étais à sa disposition. Sans doute Ned ne considérait-il pas avec grand sérieux mon beau métier de détective, car il me proposa pour commencer non un sujet d'enquête mais une simple devinette.

– A ton avis, Dan, à quoi reconnaît-on un véritable gentleman écossais ?

Je réfléchis pour la forme pendant cinq secondes avant de donner ma langue au chat.

– *My tongue to the cat.*

– Pardon ?

– Aucune idée.

Ned laissa venir sur ses lèvres un large sourire.

– Un gentleman écossais possède une cornemuse, il sait jouer de la cornemuse mais il ne joue
jamais de cornemuse. Viens, Dan, il faut que je te
présente Charles Callaghan.

Le manoir était vaste et je n'en avais visité jusqu'alors qu'une petite partie. Ned me révéla que,
comme je le soupçonnais, les deux tiers au moins
du bâtiment demeuraient inhabités. Les
Callaghan, compris-je, n'avaient pas les moyens
d'entretenir et chauffer l'ensemble.

S'il faisait froid et humide dans les pièces occu-
pées, que dire des couloirs où m'entraîna Ned ce
matin-là ? Çà et là, sur les plafonds, sur les murs,
on remarquait les sombres taches laissées par
d'anciennes fuites. Parfois même, les parois
s'étaient creusées de fissures, les plâtres tombaient, la pierre s'effritait.

– Il faudrait au moins quinze mille livres pour
remettre les toitures en état, soupira Ned.

Dans ce pays de pluie, l'eau finissait toujours
par trouver un chemin et s'infiltrer. Le manoir
l'absorbait comme un buvard. Et, tant que la cou-

verture ne serait pas parfaitement étanche, rien ne servait d'entreprendre des travaux intérieurs : les plâtres neufs se décollaient plus vite encore que les vieux.

Ned changea brusquement de sujet.

– Dis-moi, sais-tu qui sont les Jacobites ?

– Encore une devinette ?

Je me gardai bien de tenter ma chance, craignant de sa part une nouvelle blague de mauvais goût.

– Les Jacobites, Dan !

– Ma foi non !

Ned émit un petit claquement de langue désapprobateur. Cette fois, il ne s'agissait pas d'une devinette mais d'un contrôle des connaissances.

– *Well !* s'exclama-t-il en m'entraînant dans une enfilade de salles désertes, dont le sol de grands carreaux fracturés émettait des sons sinistres, c'étaient les partisans de Jacques II, le roi catholique.

– Ah ? Très bien...

– Et des Stuart. Les Jacobites ont lutté pendant plus d'un siècle contre la dynastie protestante. La plupart étaient écossais.

Il se tourna vers moi et d'un ton tragique ajouta :

– Ils ont été écrasés lors de la bataille de Culloden en 1746. Des centaines de nobles ont été exécutés, d'autres ont fui...

Nous étions parvenus dans la salle où Ned désirait me mener. Accroché au milieu d'un mur parmi divers objets militaires, armes, pièces d'équipement, trophées, il y avait un tableau immense, d'environ trois mètres sur deux. Ned fit les présentations.

– Charles Callaghan, me dit-il. Charles, je te présente Dan.

– Enchanté, dis-je au portrait.

Charles Callaghan était un Écossais tel qu'on les imagine, c'est-à-dire un chef de clan en costume traditionnel. Près de lui, sur une chaise, était posée une cornemuse.

– *My bloody ancestor*, bougonna Ned.

Puis il ajouta :

– Un véritable gentleman, ha ! ha !

J'examinai de plus près le « satané ancêtre ». Malgré son kilt, malgré ses jambes nues et sa pose un peu ridicule, malgré sa verrue sur le nez, il en imposait. Le peintre avait su rendre admirablement ses yeux verts au regard farouche. Un regard vert que j'eus tout de suite l'impression de connaître déjà. N'était-ce pas celui de Lucy ?

– Ma mère trouve le tableau trop grand. En fait, elle le déteste. Alors, il reste là, à pourrir lentement.

– Impressionnant, convins-je. Et... je suppose que Charles Callaghan était l'un de ces... Jacobites.

– Oh oui ! Il s'est battu pour Charles Édouard Stuart. Il a failli être exécuté et le manoir aurait pu être rasé. Mais mon ancêtre a échappé aux Anglais. Il s'est réfugié en France.

La main de Ned serra fortement mon bras.

– Vois-tu, Dan, Charles Callaghan était riche. Avec son or, il serait facile de réparer les toits !

Il m'entraîna hors de la salle puis du manoir. Ned ne supportait pas de rester enfermé très longtemps. La pluie de la nuit commençait à sécher sur les marches du perron mais l'herbe du parc me glaça les pieds.

Nous nous éloignâmes d'une centaine de mètres puis, comme mus par la même pensée, nous nous retournâmes. Les toits luisaient, où s'élevaient la flèche du paratonnerre et la vieille girouette rouillée dont j'entendais parfois les grincements, le soir, dans ma chambre.

Ned tendit le bras pour m'indiquer des endroits où, selon lui, la couverture d'ardoise nécessitait des réparations.

– Charles Callaghan a quitté l'Écosse vers 1755, en compagnie de sa femme et de leurs deux enfants. Deux jeunes fils.

– Et le manoir ? demandai-je. Qu'est-il devenu ? Abandonné ?

– Non. Charles a confié le domaine à...

Il se gratta la tête, à la recherche du mot juste. Je lui en proposai plusieurs avant de tomber sur le bon.

– Un régisseur ?

– Oui ! Je crois que c'est ça.

– Un homme en qui il avait confiance ?

– Oui.

Nous marchions maintenant dans la partie la

plus civilisée du parc, où poussaient d'énormes rhododendrons.

– Et sa fortune ? Son or ?

Ned haussa les épaules.

– Je ne suis pas sûr... Je suppose qu'il a réussi à en emporter la plus grande partie.

D'après le récit qu'il me fit alors, Charles Callaghan avait mené en France une vie prospère, se lançant avec succès dans divers commerces et fréquentant la haute société. A ce que je compris, il se fit des relations dans tous les milieux : chez les nobles et les grands bourgeois, les artistes et les intellectuels. Il semble même qu'il connaissait quelques-uns des futurs acteurs de la Révolution française.

– Un jour, dit Ned avec une drôlerie involontaire, il est devenu vieux.

– Ça arrive à tout le monde, remarquai-je.

– Vieux, peut-être malade. Surtout...

Ned agita la main au-dessus de son front.

– Fou ? supposai-je.

– Un peu... bizarre.

Charles Callaghan, qui avait quitté son pays

depuis près de trente ans, éprouva soudain le besoin impérieux d'y retourner. Il voulait mourir chez lui, en Écosse, à Hazelnut Manor. Ce qui ne me parut pas tellement extraordinaire. La situation politique s'était apaisée, la répression contre les Jacobites avait cessé : rien ne s'opposait à ce retour.

Sauf peut-être...

– Et le manoir ? Le régisseur ? Que s'était-il passé pendant une si longue période ?

– C'était un homme extrêmement fidèle. William McInnis. Très âgé mais toujours vivant. Il occupait le manoir depuis presque trente ans avec ses trois enfants.

Charles Callaghan avait certes correspondu avec lui pendant ces années. Plusieurs fois, un homme de loi s'était rendu au manoir pour régler certaines affaires. Mais bon. Le fameux McInnis y était quand même comme chez lui. N'avait-il pas été un peu surpris de voir débarquer brusquement Callaghan et sa petite famille ?

Ned se mit à rire.

– Possible. Mais Charles était seul, au début. Sa

femme était morte depuis longtemps. Et ses fils avaient refusé de l'accompagner.

Cependant, ils n'avaient pas tardé à rappliquer. Les deux fils en question étaient probablement des bons à rien, incapables de gagner leur vie par leurs propres moyens. Et le pognon, le magot, l'or...

– Oh oui ! Charles est revenu au manoir avec toute sa fortune. J'en suis persuadé.

Depuis un bout de temps déjà, j'avais l'impression qu'on nous épiait. Les détectives apprennent à percevoir ces choses-là. Je me retournai brusquement. La silhouette s'effaça derrière un arbre. Ce n'était que Lucy. La gamine s'entendait plutôt mal avec son grand frère. Quand je me trouvais avec Ned, elle disparaissait. Jamais elle ne venait se joindre à nous. Pourtant, ce n'était pas la première fois que je la surprenais ainsi, en train de nous espionner. Sans doute Ned avait-il remarqué son manège, mais il ne s'en souciait pas.

La suite de l'histoire me fit penser à une fable de La Fontaine. Charles Callaghan, semble-t-il, aurait souhaité que ses enfants, ses deux fils, s'entendent avec les enfants du régisseur McInnis. Mais il n'en fut rien. De retour à Hazelnut Manor, les fils Callaghan s'empressèrent d'en chasser la famille McInnis. Ils n'avaient en fait qu'une préoccupation : récupérer le magot amassé par leur père. On parlait d'un véritable trésor en pièces d'or. Mais le vieux Charles, apparemment, avait planqué sa précieuse cassette. Il mourut sans avoir parlé, laissant un peu d'argent pour assurer l'entretien du manoir, rien de plus.

Ned se mit à rire.

– Voilà ! On dit qu'il a caché son or pour punir ses fils ou peut-être juste pour les embêter ! Tu vois, le goût des mauvaises blagues remonte loin chez les Callaghan ! On dit aussi qu'il voulait les obliger à gagner leur vie, en travaillant. Et ça, c'est une plaisanterie encore plus méchante, non ?

– Personne n'a jamais retrouvé le trésor, devinai-je. Je suppose que tout a été tenté ?

Ned étendit les bras, tourna lentement sur lui-même.

– Le domaine est grand. Des dizaines d'acres, enfin comment dites-vous en France ? Des hectares et des hectares... Il paraît que les fils de Charles ont retourné la terre mètre par mètre, ils ont vidé les étangs, brûlé les bruyères... Sans résultat.

Contrairement aux enfants du laboureur selon La Fontaine, ils n'avaient pas mis à profit ce travail de la terre pour se lancer dans l'agriculture.

– Dans le manoir, alors ?

– Bien sûr, confirma Ned, le manoir a été fouillé. Certaines dalles énormes ont été soulevées. Ils n'ont rien découvert, ni dans le grenier, ni dans les cheminées, ni dans les meubles, ni sous les tapis.

– Dommage, conclus-je.

Ned me regardait fixement, de façon si insistante que j'en fus troublé. Bon. Je le sentais venir depuis un moment.

– Qu'est-ce que tu t'imagines ? m'exclamai-je. Que je vais repérer dans la boue d'un chemin les traces de pas de ton ancêtre Charles Callaghan, vieilles de plus de deux siècles, et que je vais te dire : « Voilà, le trésor est sous le rocher » ?

– J'aimerais beaucoup ça, répondit Ned avec gourmandise.

– Et qu'as-tu à m'offrir comme indice ? Dois-je juste partir en exploration avec ma loupe ? Tu crois peut-être que c'est suffisant, une loupe ?

– Mais oui ! certifia Ned avec le plus grand sérieux. Dans ce pays, les détectives travaillent avec une loupe. Et ils trouvent !

– Peut-être, mais en France...

– D'accord, d'accord, je vais essayer de t'aider.

Une pluie fine commença de tomber, mettant fin à une période de temps sec d'une durée inhabituelle. Nous nous réfugiâmes sous les branches d'un arbre au feuillage dense.

– Tous mes ancêtres parlaient le français, déclara soudain Ned. Même mon grand-père se débrouillait assez bien. Mon père est le premier qui ne l'a pas appris du tout.

– Et toi ?

– Il trouvait cela inutile, poursuivit Ned sans répondre. Il n'a jamais cru à cette histoire de trésor...

– Je ne comprends pas. Quel rapport ?

– Moi oui ! J'y ai toujours cru ! Dès que en ai entendu parler, tout petit...

— La plupart des enfants sont persuadés qu'il y a un trésor caché chez eux, dis-je. Dans le jardin, dans la cave, dans le grenier, sous le plancher...

Ned m'attrapa par le col de mon pull.

— L'or de Charles a disparu, Dan ! Ça, c'est incontestable !

— Il a peut-être tout joué au poker.

Ned n'eut pas l'air de goûter la suggestion.

— Maintenant, regarde.

De la poche de sa veste, il sortit une enveloppe blanche, presque carrée, bien épaisse. Le genre d'enveloppe, songeai-je, où l'on glisse des cartes de vœux idiotes. Dans celle-là se trouvait un vieux morceau de papier, fin, quasi transparent, qui semblait sur le point de se désagréger entre les doigts de Ned.

— Le français, me dit-il, je ne l'ai pas appris seulement à l'école. J'ai pris aussi des cours pendant trois ans avec un professeur.

— Bravo ! Tu t'exprimes remarquablement...

— Parce que, un jour, j'ai découvert ça !

J'écarquillai les yeux pour tenter de déchiffrer ce qui était écrit sur le morceau de papier. Mais face à la lumière du jour, je distinguais à peine les lettres dont l'encre avait pâli.

— Il n'était pas caché, même pas perdu. Simplement rangé, oublié, je crois. C'est un message du vieux Callaghan. Mais personne n'a jamais réussi à comprendre ce qu'il signifie. Ni ses enfants, à l'époque, ni les enfants de ses enfants... Je te l'ai dit, mon père est le premier qui n'ait pas appris le français.

Je vis enfin que les mots sur le bout de papier étaient en effet rédigés dans ma langue maternelle.

— En français, oui ! Je pense qu'il s'agit d'une sorte d'énigme. A mon avis, Charles n'était pas aussi fou qu'on le prétend. Je suis persuadé que celui qui comprendra cette énigme trouvera le trésor. C'est pour ça que je voulais apprendre le français, Dan.

Une expression de désarroi passa sur son visage.

— Maintenant, je crois connaître cette langue plutôt bien.

Je le lui confirmai.

— Et pourtant, je ne comprends toujours pas.

D'une voix plus forte, où perçait une pointe de révolte, il s'écria :

– Ça ne veut rien dire, Dan, rien, rien !

Je tendis la main pour qu'il me confie le morceau de papier mais Ned se contenta de souffler dans mon oreille :

– Tu es ma dernière chance.

Il rangea le document dans son enveloppe et me suggéra de mettre un terme à notre sortie.

Tandis que nous déambulions de nouveau dans le manoir, désignant ici et là une plinthe arrachée et mal reclouée, une dalle fracturée, et même des trous creusés dans un mur à la barre à mine, Ned s'exclama en riant :

– Tu vois, Dan, tous les dégâts n'ont pas été causés par la pluie !

Plusieurs générations de Callaghan avaient sondé Hazelnut Manor dans l'espoir de découvrir l'or de ce *bloody* Charles.

– Une chance que la maison soit encore debout, me dit Ned. Je crois que certains de mes ancêtres étaient prêts à la faire sauter !

– Où allons-nous ?

Il réfléchit un instant, comme s'il avait oublié de se poser la question.

— Dans ta chambre, décida-t-il. Tu as toujours la loupe ?

— Hon ! Hon !

Et ce fut donc là, sur la planche de contreplaqué de mon bureau, que je pus examiner pour la première fois le mystérieux message légué à ses descendants par Charles Callaghan.

Sur ce lambeau de papier trois fois plus haut que large, qui n'avait plus ni bords ni forme, je lus ceci :

> **préféré des parents**
> **le XVe enfant**
> **était de fer**
> **le ciel à la terre**
> **foudre de guerre**
> **l'égal de Jupiter**
> **au tombeau**
> **de Mirabeau**

— Ça rime, dis-je.

— Je sais.

Déjà, le ton de Ned se chargeait d'impatience. Pour me donner une contenance, je pris la loupe et observai le document de plus près. Même grossi huit fois, le texte restait rigoureusement identique. Ce qui ne m'arrangeait pas.

– Tu ne bois pas ?

Je sursautai.

– Comment ?

– Le whisky. Tu n'as pas touché à la bouteille.

– Ah ? Non, je ne bois pas. Enfin, je vais peut-être m'y mettre.

Ned se pencha près de moi. Son front se colla au mien, au-dessus de la loupe, au-dessus des mots tracés par son ancêtre deux siècles auparavant.

– Alors, Dan, alors ?

– On dirait un poème.

– Oui.

Je me mis à réciter :

– « Sous le pont Mirabeau coule la Seine... »

– Qu'est-ce que c'est ? Tu as trouvé ? Tu as trouvé ?

Ned s'était redressé, soudain surexcité.

– Non, non, c'est juste... Enfin, un autre poème... Ça m'a fait penser à un autre poème...

Ned avait le regard braqué sur moi. Sa peau de roux s'était empourprée. Sur ses lèvres, je continuais de lire : « Et alors Dan et alors Dan et alors Dan ? »

Je me raclai la gorge.

– Ton professeur de français... il est bon ?

– Je crois. Pourquoi ?

– Hum... Eh bien... je me demande si je ne vais pas avoir besoin de quelques cours moi aussi. Parce que... pour être franc... je ne comprends rien non plus...

Ned éclata d'un rire un tantinet forcé.

– Tu te moques de moi, Dan ? C'est une énigme. Est-ce que les détectives ne résoudent...

– Résolvent.

– Ne résolvent pas les énigmes ?

Je haussai les épaules, je fronçai les sourcils, je me grattai le front, je levai les yeux au ciel, je hochai la tête, je me frottai le menton puis je soupirai. Enfin, je répondis :

– Si, si...

Si tous les Callaghan s'étaient cassé les dents

sur ce message deux siècles durant, peut-être avais-je le droit, moi, Dan Martin, à cinq ou dix minutes de réflexion ? Voyons... et en lisant le texte autrement, comme de la prose, plutôt... oui, en essayant de former des morceaux de phrases quelque peu sensés. Tout haut, je déclamai :

– « Préféré des parents, le XVe enfant était de fer. »

Bon. On verrait plus tard. Mais ce bout-là tenait debout.

– « Le ciel à la terre, foudre de guerre, l'égal de Jupiter. »

J'aimais moins cette deuxième partie. Et pour finir :

– « Au tombeau de Mirabeau. »

Il y avait sûrement là des informations essentielles, de nature historique. Mirabeau... le tombeau de Mirabeau... Je regrettai de n'avoir pas mieux potassé mes manuels. Où Mirabeau était-il enterré ? Sous la Seine ?

– Alors ?

La voix de Ned me tira d'une songerie partie pour ne mener nulle part.

– Je trouve le style plutôt moderne pour l'époque, non ? Le ciel à la terre, foudre de guerre... Presque d'avant-garde.

Mon ami écossais me fit signe qu'il ne s'intéressait pas beaucoup à cet aspect de la question.

– Penses-tu que le papier soit complet ? lui demandai-je. Peut-être n'avons-nous là qu'un morceau du texte ? Le début ou la fin, ou le milieu...

– Je sais, dit Ned.

Dans son ton, perçait l'embryon d'une pointe d'accablement.

– Mais, reprit-il, nous n'avons que ça. Alors, il faut y arriver avec ça. Il faut y arriver, Dan !

Mon honneur était en jeu. Je ne me faisais pas d'illusions. La solution ne jaillirait pas comme une étincelle d'un briquet, ne s'inscrirait pas dans une bouffée de pipe. Ces bonheurs-là étaient réservés à mon confrère britannique, Holmes. Il était pourtant de mon devoir d'essayer. De dire quelque chose, peu importait quoi, mais quelque chose ! Alors, je feignis d'avoir une illumination et m'écriai :

– Bach ! Jean-Sébastien Bach !

– Comment ? Qu'est-ce que tu dis ?

– Le quinzième enfant ! Est-ce que Bach n'a pas eu quinze enfants ?

Ned n'en avait visiblement aucune idée. Quant à moi, je me souvenais simplement qu'il avait engendré un nombre astronomique de petits Bach, musiciens pour la plupart, lesquels sans doute avaient hérité chacun d'une partie de son génie. Une partie seulement, si bien qu'on les avait presque tous oubliés.

– C'est beaucoup, quinze, estima Ned.

En fait, j'ignorais le chiffre exact. Bach avait-il eu douze enfants, quinze, vingt ou même trente ?

– Pourquoi le quinzième enfant de Bach était-il de fer ?

J'aurais préféré que Ned m'épargne cette question. Je pris un air concentré, le menton sur le poing.

– Qu'est-ce que c'est, d'abord, un enfant de fer ?

– Comment veux-tu que je réfléchisse ? explosai-je. Tu ne peux donc pas te taire trente secondes ?

Un enfant de fer, une santé de fer...

– A l'époque, dis-je, les enfants étaient plus fragiles qu'aujourd'hui. Beaucoup mouraient à la naissance ou en bas âge.

Ned m'encouragea d'un sourire.

– Un enfant de fer... ahem... Le quinzième enfant de Bach était certainement robuste, tu comprends ? C'est pourquoi on le préférait aux autres.

Ned hocha gravement la tête. Il comprenait.

– Mais... pourquoi justement Bach ?

Je levai les yeux au ciel, comme pour l'accuser de me compliquer la tâche à plaisir.

– OK, fit-il, conciliant. Et ensuite, le quinzième fils de Bach, qui était en bonne santé... ensuite, quoi ?

– Quoi ? Comment ça, quoi ?

– Avec la foudre, Jupiter, Mirabeau ?

– Eh bien...

– Et mon trésor ? Quel rapport avec mon trésor ?

Je fis quelques pas vacillants et allai m'effondrer sur mon lit. La loupe tremblait entre mes mains. Par le verre, je voyais le bout de ma chaussure gauche, énorme. Et, bon sang, c'était absolument tout ce que je voyais à ce moment-là.

– Je suis désolé, dis-je. Je n'ai pas la moindre idée de ce que signifie ce lambeau de papier ridicule.

Ned laissa passer deux ou trois interminables minutes de silence.

Finalement, d'une petite voix, il me demanda :

– Tu as toujours l'intention de visiter la distillerie, demain ?

– Oui. Pourquoi pas ?

Chapitre 3

Les seules fois où Mr. Callaghan m'avait adressé la parole, ç'avait été pour me faire la même proposition : ne souhaitais-je pas visiter la distillerie ? J'avais donc fini par accepter. Il m'y emmènerait en fin de matinée.

En attendant, je me trouvais de nouveau livré à moi-même. Tous les matins, c'était pareil. Ned avait disparu avant que je ne me lève. Je ne parvenais pas à rivaliser avec lui sur ce terrain. Et puis d'abord, j'étais en vacances, oui ou non ? Je n'avais plus qu'à attendre qu'il veuille bien faire sa réapparition. Parfois, Ned se montrait alors que je terminais mon petit déjeuner, semblant pour sa part avoir déjà vécu une longue journée.

Lucy, qui n'était pas aussi matinale, loin de là, n'en avait pas moins des habitudes tout aussi sauvages que son frère. Sur leur immense domaine familial, Ned et Lucy étaient des vagabonds perpétuels.

Je résolus de les imiter et pris une direction inédite pour moi. Ce matin, j'irais au hasard. La brume se levait au-dessus des maigres bosquets. Il ne pleuvait presque pas.

Très vite, je me sentis terriblement seul sur cette lande déserte, où j'étais privé de repères. Je ne craignais pas de me perdre, juste de sortir sans le savoir des terres sans barrières des Callaghan. A en croire Ned, elles s'étendaient plus loin que ne pouvait porter le regard. Pourtant, je distinguais maintenant au loin une fumée qui semblait indiquer la présence d'étrangers. Avais-je déjà atteint les limites d'Hazelnut ?

Je marchai pendant quelques minutes encore avant d'avoir une vue plus précise de la maison tapie dans un creux de terrain, un lieu où sans doute on l'avait placée pour ne pas perdre une goutte du ruissellement des pluies. C'était une très vieille bâtisse de grosses pierres, basse et d'aspect misérable. Un sentier bordé de hautes herbes et de bosquets y conduisait, un simple chemin défriché dans la broussaille.

Je m'arrêtai soudain, alerté par l'impression désagréable d'être épié. Je me trouvais à deux cents mètres de la maison. A droite, sous un appentis de bois adossé à un mur aveugle, séchait du linge. Sur le seuil, bouchant presque l'entrée, rouillait la carcasse d'une voiture attelée. On y faisait du feu, en plein été. Mais je ne percevais aucun mouvement, pas un signe de vie. Peut-être des yeux m'observaient-ils, derrière ces carreaux sombres ?

Je m'étonnai que personne ne m'eût informé de l'existence de ce voisinage. Malgré ma curiosité, j'hésitais à m'approcher plus avant. Pour en savoir davantage, mieux valait, sans doute, revenir sur mes pas et interroger Ned.

Je n'eus pas le temps de me retourner. L'espace d'un instant, je crus qu'un animal, un de ces gibiers de belle taille dont Ned m'avait promis le trophée, chargeait brusquement vers moi. Mais la silhouette qui surgit des herbes n'avait guère en commun avec un sanglier que la sauvagerie. Mon agresseur bondit sur le sentier, les deux bras en avant, et s'agrippa à mon cou.

Ma première sensation fut de dégoût plus que de peur. Je sentais en effet sa bouche contre ma joue, une bouche humide, baveuse. Le souffle coupé par la soudaineté de l'assaut, la gorge serrée dans un étau, je donnai des coups de coude dans l'estomac de cet inconnu dont je n'avais pu encore découvrir le visage. Son étreinte se relâcha aussitôt. Je frappai de nouveau en me retournant. Il émit un glapissement et recula en chancelant.

Je crus qu'il allait s'effondrer sur place mais il parvint à rester sur ses jambes, planté à trois mètres de moi, yeux écarquillés, bouche grande ouverte. Nous nous dévisageâmes pendant un long moment. C'était un garçon d'une vingtaine d'années, petit et malingre. Il se tenait drôlement, une épaule plus haute que l'autre, comme Quasimodo. A l'expression de son visage, à toute son attitude, je devinai qu'il avait l'esprit un peu dérangé. Il se mit à crier des mots incompréhensibles en agitant une main devant lui et jamais la langue écossaise ne me parut à ce point étrangère. Puis, aussi vivement qu'il m'avait attaqué, il prit la fuite et fila en direction de la maison.

Je savais donc à présent qui habitait la demeure de pierre. Et je commençais à comprendre pourquoi on avait préféré me taire cette présence. Songeant à la façon dont Lucy nous observait souvent de loin, Ned et moi, je me dis qu'on avait décidément des comportements assez singuliers, du côté d'Hazelnut Manor.

De retour au manoir, l'envie d'évoquer l'incident que je venais de vivre m'avait quitté. Je me sentais un peu ridicule de m'être laissé surprendre de la sorte, et plutôt embarrassé d'avoir mis en déroute avec brutalité un personnage qui n'avait probablement pas toute sa tête.

Herbert Callaghan m'attendait. En montant à l'avant de sa vieille guimbarde vert bouteille, je découvris Lucy, assise en tailleur sur la banquette arrière. Jamais elle n'avait manifesté son intention de nous accompagner à la distillerie. Je m'en réjouis, présumant que la visite, ainsi, serait moins ennuyeuse. Je ne me trompais pas.

La distillerie se situait à vingt-six miles du manoir, soit un peu plus de quarante kilomètres, soit près d'une heure de route au rythme lent et cahotant du carrosse de Mr. Callaghan. Mon hôte profita de ce trajet pour me gratifier d'un cours magistral sur le whisky. Lui, si réservé d'ordinaire, se montra un peu trop volubile à mon goût. Mais mon écossais s'était suffisamment amélioré pour me permettre d'acquérir en l'écoutant quelques solides notions.

Le lieu où nous nous rendions se nichait dans la vallée de la Spey, où l'on produit quelques-unes des eaux-de-vie dont l'Écosse s'enorgueillit. La saveur unique de ces malts, proclamait fièrement Callaghan, devait beaucoup à la pureté sans égale de l'eau de la rivière et de ses affluents. Le paysage était magnifique et je m'en régalais plus que du discours enthousiaste du maître distillateur évoquant grain, tourbe, fût et alambic.

La distillerie se composait de plusieurs bâtiments aux toits pointus, l'un à la façade chaulée, d'une blancheur immaculée, les autres noirs comme du goudron. Lucy, qui était restée muette et renfrognée pendant le voyage, s'éclipsa dès que la voiture se fut arrêtée. Son père ne s'en soucia guère. Le brave homme se préoccupait seulement de recommencer ses explications, doutant visiblement de s'être bien fait comprendre.

Sous un toit porté par des piliers métalliques, Herbert me présenta l'homme qui ratissait infatigablement le grain, l'orge qui en germant devenait malt. L'odeur puissante qui m'avait assailli à mon arrivée provenait du bâtiment voisin. Pas des effluves d'alcool comme je l'aurais cru, mais des exhalaisons de la tourbe qui, chauffée sur du coke incandescent, enfumait le malt. Ce n'était rien encore. Derrière les portes du hangar où nous pénétrâmes ensuite, de terribles remugles évoquant pour moi l'haleine d'un gros buveur de bière s'échappaient des cuves où bouillonnaient le grain et l'eau.

En consommateur impénitent de lait-fraise et de diabolo menthe, j'avais peine à saisir comment ces puantes opérations pouvaient livrer la liqueur ambrée dont une bouteille inentamée trônait toujours sur le bureau de ma chambre. Je le sus bientôt et, en même temps, réapparut Lucy.

Herbert m'avait invité à le suivre dans le saint des saints, le plus noble des bâtiments, où s'alignaient d'énormes, de rutilants alambics chauffés par une fournaise. Des cols de cuivre coulait doucement le pur malt distillé, remplissant de grosses boîtes vitrées que Callaghan appelait des coffres. Lucy nous avait précédés, s'emplissant goulûment les narines des émanations enivrantes.

Le maître distillateur me conduisit fièrement près des fûts où vieillissait son nectar, des fûts espagnols ayant contenu du xérès.

– Le vrai trésor des Callaghan est là, m'affirma-t-il.

J'avais compris depuis longtemps déjà que Ned ne se destinait pas à lui succéder et qu'il le déplorait amèrement. Il aurait préféré voir son fils s'initier aux secrets de l'alambic plutôt que courir la lande, un fusil à la main. Mais, s'il avait prêté davantage attention à Lucy, peut-être aurait-il trouvé en elle la digne continuatrice de la tradition familiale.

Callaghan plongea une longue pipette de verre dans le premier tonneau. C'était de l'ordinaire, du tout-venant, du whisky vieux de sept ans, vif, vigoureux mais mal dégrossi, comme qui dirait un morveux encore indiscipliné. Mon hôte en versa dans un petit gobelet, qu'il me tendit.

– Euh, merci, sans façon, dis-je en français avant de chercher une formule locale.

– *Just a dram.*

Un drame ? Je n'allais pas tarder à comprendre

l'expression : un coup, une rasade, une lampée. L'unité de mesure écossaise. *To drink a dram*, c'est « torcher un godet ». Je ne voulus pas créer d'incident diplomatique. Ayant trempé les lèvres dans le liquide, je cherchai à exprimer mon sentiment de manière adéquate. Eau de feu sûrement très bonne mais un peu raide. J'ajoutai finement que, malgré son jeune âge, elle semblait pleine de promesses. Callaghan approuva et se tourna vers le fût suivant.

Je cherchai désespérément autour de moi quelque chose qui ressemblât à un pot de fleurs. Ou bien un seau. Du point de vue du distillateur, il n'était pas question de mélanger le sept ans avec le dix ans. Du mien, il n'était pas souhaitable que le mariage des années s'opère au fond de mon estomac. Lucy se présenta à propos pour me soulager du verre. D'un geste discret, elle me fit signe qu'elle allait régler ça à l'abri du tonneau. Quand elle me rapporta le gobelet, il était vide, prêt à accueillir le *dram* suivant. Du dix ans. Mon palais ne fit pas la différence, peut-être parce que je me contentai de l'humecter. Lucy répéta son manège, allant verser la fin du verre je ne savais où. Ce que je savais, c'est qu'en cet endroit-là rien ne repousserait.

Je passe sur le douze ans, anecdotique. Le quinze ans me parut plus rond en bouche, presque adulte. Demi-gorgée par demi-gorgée, si peu que j'avalasse chaque fois, je me sentais moi aussi mûrir doucement. Lucy me rendit mon verre, sec et net pour accueillir le vingt et un ans. A travers le voile de vapeurs qui paraissait maintenant se déplacer avec moi, je la vis qui me souriait de façon bizarre. Après cette dernière rasade d'un pur malt dans la pleine force de l'âge, d'une interminable puissance, je calculai que plus d'un demi-siècle avait à présent suivi la pente de mon gosier. Je titubais à peine, et j'estimais avoir affronté l'épreuve avec vaillance.

Herbert Callaghan me tirait par la manche, l'œil égrillard. Nous n'avions dégusté, compris-je, que le menu fretin. Les fûts qui me faisaient face contenaient une tout autre substance, ce que le maître distillateur appelait les millésimes. Il me les désigna avec orgueil, 1982, 1975, 1970... Lucy s'accrocha soudain à moi. Mécaniquement, je lui tendis mon verre, pourtant vide en cet instant. Mais elle ne désirait que s'ancrer quelque part, s'agripper à du solide. En contemplant son visage rougi, en plongeant dans son regard vague, je compris avec effroi de quelle façon discrète avaient disparu les sept, dix, douze, quinze et vingt et un ans d'âge. Quant à moi, qui avais absorbé la dose minimum, j'avais l'impression déjà qu'elle faisait le maximum. Songeant à ce qu'on disait de mes illustres confrères américains, je me demandai comment ces privés carburant au scotch même pas millésimé parvenaient à travailler.

J'adressai un signe à Callaghan, parti dans un long exposé sur la différence entre les malts datés et les malts millésimés : je hissais le drapeau blanc. Il insista. Juste le 1970, son préféré. Je pris le verre et l'inclinai à peine, pour que la vaguelette brûlante touche ma lèvre. Je n'eus que le temps de hocher la tête en connaisseur. Lucy m'avait déjà piqué le gobelet à fond épais. Cette fois, elle n'eut pas la force de s'éclipser derrière son tonneau favori. Affalée contre mon épaule, elle siffla le 70 d'un coup. Son père la regarda comme s'il découvrait sa présence dans le chai. Je crus que ça allait faire un « *dram* ». Mais le maître distillateur fronça les sourcils sans réagir. J'aurais juré qu'il était en train d'évaluer l'hypothèse de former pour lui succéder une maîtresse distillatrice, denrée que je supposais assez rare dans les parages. Lucy avait certes des dispositions mais il lui faudrait s'endurcir. Elle glissait contre moi, lentement mais inexorablement. Je la rattrapai à temps, non sans mal car je me sentais moi-même vacillant. Nous devions avoir l'air de deux poivrots sous un lampadaire, parmi les alignements de...

Curieusement, le mot m'échappa. Ou plutôt, mon esprit s'était mis en quête d'un autre terme. Tonneau, fût... comment disait-on encore ?

– Ah oui ! m'écriai-je à la surprise générale. La foudre ! Un foudre ! La guerre ! Jupiter !

J'avais fait un mouvement de trop. La main de Lucy chercha à happer mon bras mais ne rencontra que le vide. La gamine bascula et je faillis la suivre.

Les fesses par terre, elle s'exclama :

– C'est la merde alors !

Lucy eut, si j'ose dire, le bon goût de vomir avant de monter dans la voiture pour le trajet de retour. Ce fut cela au moins que je n'eus pas à endurer tandis que nous roulions parmi les beaux paysages de lande et de bruyère.

Pendant les premiers kilomètres, elle chanta. Ensuite, elle m'offrit un récital de ses maigres connaissances en français. Les mêmes mots, les mêmes formules que lors de notre toute première rencontre.

Comme elle avait maintenant une idée assez précise de leur signification, elle les prononçait en s'esclaffant, pareille à un ivrogne de comptoir qui se laisse aller à des grivoiseries. Enfin, elle s'endormit contre mon épaule.

Alors, souriant de toutes ses dents cariées, Callaghan me lança :

– Elle n'a pas l'habitude. Juste une gorgée et pfuitt... Les filles, c'est comme ça.

Je songeai que Mr. Callaghan n'était pas très

observateur. En tout cas, il ne devait pas observer beaucoup sa fille. Et ce n'était sans doute pas demain qu'il y aurait une maîtresse distillatrice à Hazelnut Manor.

Dix minutes plus tard, il me demanda :

— Qu'est-ce que vous avez crié tout à l'heure ? A propos de Jupiter ?

— Il faut que j'en parle d'abord à Ned, répondis-je.

— Oooh !

Je préférai abréger la conversation. J'avais besoin de fixer des yeux un point éloigné, vers la ligne d'horizon. Dès que je commençais à regarder près de moi, l'Écosse se soulevait brusquement et mon cœur chavirait avec. Malgré moi, pendant des miles, mon esprit fit et refit le compte des années avalées. Ma foi, en les mettant bout à bout, nous nous rapprochions de l'époque du vieux Charles.

Ned ne me laissa aucun répit.

— Tu as eu une idée ? Mon père me l'a dit. Une illumination, paraît-il ! C'est vrai ?

– Mais oui, le foudre, le tonneau, tu comprends ?

– Non.

– C'est la même chose, en français, un tonneau, un fût, se dit aussi un foudre. Pas la, le, d'accord ?

– Pas la, le, répéta-t-il.

– Le foudre.

– Bon, et alors ?

– Et alors, réfléchis un peu bon sang !

Il feignit de se concentrer, haussa les épaules.

– Qu'est-ce qu'on met dans un tonneau, hein ?

– Du whis...

– A part du whisky, coupai-je.

Ned m'adressa une mimique désemparée. L'idée qu'on pût mettre dans un tonneau autre chose que du whisky n'était pas parvenue de ce côté-ci de la rivière Spey.

– Je vais t'aider, dis-je, magnanime. Pense au poème. Foudre de guerre... C'est une expression. Un foudre de guerre, c'est... peu importe. L'important, le voilà : qu'est-ce qu'on met dans un tonneau quand on fait la guerre ?

Il ouvrit de grands yeux, marmonna deux ou trois mots inaudibles pour faire semblant d'avoir une opinion.

– Jupiter, Ned, le dieu de la guerre ! La guerre ! De la poudre, Ned, de la poudre !

– Euh non...

– Quoi, non ?

– C'est Mars, je crois, le dieu de la guerre.

Je repoussai l'objection d'un ricanement.

– Tu m'embêtes avec ta mythologie ! criai-je. Je te parle du trésor des Callaghan, nom de nom !

– Dan ?

– Quoi ?

– Est-ce que tu as bu ?

– Moi ? Non. Une goutte. Tu ferais mieux de surveiller ta sœur.

Son sourire m'énervait.

– Une petite goutte. On a bien le droit de boire une petite goutte, non ?

– Ne te fâche pas, Dan.

Je m'approchai de lui et pris sa tête entre mes mains.

– Écoute-moi et tâche de réfléchir pour une

fois. Est-ce qu'il y a quelque part ici des tonneaux ayant contenu de la poudre ?

A ma grande stupeur, il répondit simplement :

– Ben oui.

– Oui ? Oui ? Ah ! ah ! Je le savais ! Je le savais !

Ned n'avait pas l'air de trouver ça tellement extraordinaire.

– Dans les caves. Toute une rangée ou peut-être des tas de rangées. Il fallait bien se défendre, autrefois. Le problème, c'est qu'après la poudre on ne peut plus mettre de whisky.

– Eh bien, lui dis-je, tu sais ce qu'il vous reste à faire. Le trésor est là, Ned, dans ces tonneaux, dans ces foudres.

Je me sentis brusquement chanceler.

L'effort de déduction que je venais d'accomplir m'avait coûté mes dernières forces. Le trésor des Callaghan attendait depuis des décennies. Il attendrait encore jusqu'à demain.

– Je vais m'allonger un moment, annonçai-je. Si j'arrive à monter à la chambre.

J'y parvins, non sans un détour par le cabinet de toilette.

Là, la tête sous le robinet, je compris soudain pourquoi élaboration du whisky et pluies perpétuelles cohabitaient dans un même pays. Pour noyer toutes ces vapeurs, il fallait de l'eau, beaucoup d'eau.

Chapitre 4

Une nuit ayant passé là-dessus, je me réveillai torturé par une inquiétude. N'avais-je pas déliré sous l'empire de l'alcool, n'avais-je pas eu l'une de ces idées géniales qui viennent parfois avec le sommeil et se révèlent ineptes à la clarté du matin ? Ned me rassura dès le petit déjeuner : de mémoire familiale, si l'on avait retourné des hectares de terre et soulevé des tonnes de meubles, ausculté les arbres, sondé les murs et démembré les parquets, nul, semblait-il, n'avait songé à vider les caves de leurs vieux barils de poudre. Sa grimace m'en apprit plus qu'un long discours : tâche rebutante, sale, pénible, interminable. Seul un fou aurait pu imaginer de dissimuler son magot là-dedans. Ma réponse fut un sourire triomphant. Ned lui-même ne m'avait-il pas affirmé que Charles Callaghan était « mort à moitié fou » ?

– Le foudre, le foudre, marmonnait Ned.

La rage le tenaillait d'avoir consacré tant d'années et d'efforts à l'apprentissage de la langue française pour découvrir soudain que ce mot, peut-être décisif, manquait à son vocabulaire. De genre masculin, signifiant tonneau. Plus exactement baril !

Nous passâmes la matinée dans les caves. Je devrais parler plutôt de souterrains, tant ces espaces obscurs étaient étendus. En majeure partie déserts, c'est-à-dire couverts d'amas poussiéreux indistincts, de briques, de tuiles, de moellons, de chiffons, de planches pulvérulentes, ils logeaient en trois zones distinctes des rangées de barils, alignés comme des soldats. Il suffisait d'y poser la main pour que le bois s'effrite, d'y appuyer le coude pour que les douves se disloquent entre les cercles de métal rongés par la rouille.

Comprenant ce qui nous attendait, Ned braqua la lampe qu'il tenait à la main sur son visage pour me montrer ses deux yeux écarquillés par l'effroi et sa bouche grande ouverte d'horreur muette. Se ressaisissant, il me demanda :

— L'énigme est longue. Il y a sûrement d'autres indices ?

— Les énigmes sont souvent comme ça, Ned. La plupart des mots ne servent à rien, qu'à vous embrouiller. Il suffit de repérer le bon.

— Foudre, hein ?

— Oui.

— Et peux-tu m'indiquer celui où se trouve le trésor, Dan, s'il te plaît ?

— Pas pour le moment.

— Très bien. Je vais avertir mon père qu'il nous faut de l'aide.

Callaghan père fut assez long à convaincre. Les employés de la distillerie étaient accaparés par leurs tâches. Il n'était pas très chaud pour les débaucher. Mais le mirage de l'or, peut-être à portée de main, finit par avoir raison de ses réticences.

Trois hommes arrivèrent peu après l'heure du déjeuner. Ils se montrèrent à cet instant souriants et détendus. Parvenus dans les caves du manoir, ils contemplèrent les vieux tonneaux avec un air de profonde incompréhension. Les humant, ils détectèrent grâce à leur sens exercé d'antiques odeurs de poudre. L'un d'eux demanda si tout cela ne risquait pas d'exploser. Puis ils posèrent d'autres questions, avancèrent d'autres objections, dans le seul but de retarder le moment de se mettre à l'ouvrage. Bref, ils manquaient d'enthousiasme. Personne, assurément, ne leur avait dit de quelle belle couleur dorée était la récompense promise à celui qui découvrirait le foudre miraculeux. D'ailleurs, Callaghan s'était sans doute bien gardé de promettre quoi que ce soit.

Ned dirigea les manœuvres. Le plan général était simple. Il s'agissait de débarrasser les souterrains de leurs tonneaux et de les conduire au jour, sur les pelouses du manoir, où ce serait un jeu d'enfant de les éventrer l'un après l'autre. La réalisation fut un peu moins aisée. Chaussés de bottes, gantés jusqu'aux coudes de cuir épais, les trois hommes de l'équipe crurent tout d'abord qu'ils pourraient rouler les fûts sur le sol des caves avant de les hisser par les escaliers de pierre. Mais, comme il était prévisible, les vénérables récipients se désagrégeaient entre leurs pattes maladroites. Au pied des marches, il n'en restait plus qu'amas de planches tordues et monceaux de fibres cotonneuses où s'entremêlaient les cercles métalliques. Difficile de croire qu'un trésor se nichait dans ces décombres. Mais qu'en faire, sinon les débarrasser ? Alors, muets, le visage fermé, mais coopératifs, les hommes montaient tant bien que mal les degrés de l'escalier, traînant les morceaux les plus solides, charriant le reste à l'aide de grandes pelles ou sur de vieilles couvertures.

— On dirait Culloden après la bataille, commenta Ned devant le navrant spectacle qui s'était composé sur l'un des flancs du manoir.

Mes connaissances en matière d'histoire écossaise étaient réduites mais ici, chez les descendants du jacobite Charles Callaghan, nul ne pouvait ignorer que c'était lors de cet affrontement final que les partisans du roi catholique avaient vu leurs derniers espoirs s'effondrer, mourant sur le terrain par milliers.

J'avais tenu le compte. Des tonneaux, fûts, foudres, barils ou barriques, comme on voudra, il y en avait soixante-douze. Dormant là depuis deux siècles et plus. De quoi faire sauter la moitié de l'Écosse ! Les ancêtres Callaghan avaient vécu sur un arsenal. Le trente-septième fût était d'une solidité à toute épreuve. D'un bois qui avait résisté à l'usure du temps et aux ravages de l'humidité, il exigea des hommes de la distillerie de longs et douloureux efforts. Lourd, terriblement lourd. Et donc, conclûmes-nous, Ned et moi, en échangeant un simple coup d'œil, plein. Herbert Callaghan s'approcha, intéressé. Il ausculta un moment le tonneau puis se fit apporter une hache. En deux coups vigoureux, il fendit la masse. Les douves explosèrent. Une sombre marée se répandit sur l'herbe du parc. Ned y plongea avidement les bras, comme s'il espérait en retirer les joyaux de la couronne. Il brassa une purée brunâtre, mélange de poudre et d'eau vieilli plus longtemps qu'aucun malt d'Écosse ne l'avait jamais été. Mais il eut beau patauger, fouiller, trier, Ned ne dénicha pas la moindre pépite. Et je sentais peser maintenant sur moi des regards lourds de reproches.

Cependant, au point où nous en étions, il aurait été stupide de renoncer. Comme chacun sait, ce qu'on cherche se trouve toujours au fond du dernier tiroir ouvert, dans la dernière enveloppe explorée, sous le dernier livre soulevé. Les esprits malins disent qu'il faudrait commencer par la fin, mais on devine ce qui se produit alors.

C'était, pour l'Écosse, un bel après-midi ; le soleil avait fait plusieurs apparitions de longue durée et il y avait eu par moments dans le ciel plus de bleu que de nuages. Bref, nous aurions pu pour une fois employer la journée de façon agréable. Passé le soixantième tonneau, mon optimisme déclina. Vers dix-sept heures, les caves étaient à peu près nettoyées. En revanche, les abords du manoir revêtaient maintenant un aspect fantomatique et risquaient de nécessiter à leur tour une longue séance de déblaiement.

Dommage que le bois soit si spongieux, songeai-je. Ça leur aurait fait de quoi se chauffer pour l'hiver. Ned discutait avec son père. La mine sinistre, il m'informa que les hommes reviendraient le lendemain avec une pelleteuse pour creuser une fosse et y pousser les décombres. En attendant, me précisa-t-il avec un sourire torve, j'étais autorisé à explorer et tamiser les débris. Et aussi, si je voulais bien, à continuer de réfléchir.

– Parfois, me dit-il encore, tous les mots comptent dans une énigme...

Un peu plus tard dans la soirée, il me glissa :

– J'ai parlé avec mon père. Il n'est pas de mon avis. Il pense que tu ferais mieux d'arrêter de réfléchir.

Ce soir-là, le dîner fut plus silencieux qu'à l'habitude. Ned, qui se chargeait ordinairement d'animer les repas, s'était muré dans un mutisme obstiné. J'eus même l'impression que Mrs. Callaghan avait mis dans sa cuisine un peu de la mauvaise humeur ambiante : nourritures plus grossières, portions plus chiches. Ce régime se confirma au cours des jours suivants. A partir de la fâcheuse chasse au trésor menée selon mes déductions hâtives, la pitance au manoir devint fort médiocre. Je compris qu'elle avait été améliorée en mon honneur et que, les espoirs placés en moi s'amenuisant, on n'avait plus jugé bon de poursuivre cet effort exceptionnel.

Ma chambre donnait du mauvais côté. Par la fenêtre, on ne pouvait échapper à la lamentable vision, baignée de lune glauque ; on eût dit un village primitif anéanti par un bombardement.

D'après mon billet d'avion, mon séjour chez les Callaghan devait se prolonger pendant cinq jours encore. Mercredi, jeudi, vendredi... *Wednesday, Thursday, Friday...* quelle que soit la langue, le compte demeurait le même. Jusqu'au lundi comme jusqu'au *Monday* prochain, il restait cinq jours pleins à tirer.

Cela me parut long, très long. Et le sommeil mettant lui aussi un temps interminable à venir, j'eus tout loisir de supputer la possibilité d'avancer mon départ. Avais-je seulement besoin d'inventer une excuse ? Quelque chose me disait que ma décision d'abréger le séjour serait accueillie sans protestations.

Au matin, j'eus la surprise de me réveiller plein d'ardeur. En cinq jours, en cent vingt heures, bon sang, cette *bloody* énigme passerait de vie à trépas, foi de Martin !

Je méditai seul devant mon bol de porridge, dans le manoir silencieux. Il me tardait de sortir. J'avais besoin de m'activer. Je m'étais contenté jusqu'à présent de quelques déductions, comme si la solution de l'énigme allait me tomber toute rôtie dans le bec. D'un certain point de vue, je n'avais pas encore commencé mon enquête. Il restait un vaste manoir à fouiller, des hectares à explorer. L'indice révélateur pouvait se trouver n'importe où. Il suffisait de savoir regarder.

Mon instinct m'entraîna vers le parc. A peine avais-je mis le nez dehors que j'entendis claquer deux coups de feu. Je savais ainsi dans quel secteur chassait Ned. Peu soucieux de partager sa compagnie, je partis en sens opposé, vers les étendues les plus touffues du domaine. Un bâton à la main, je m'enfonçai dans les hautes herbes et les taillis. A tout moment, je m'arrêtais, me demandant si je ne marchais pas sur le trésor enterré, si je ne frôlais pas une cache secrète, dans un vieux tronc d'arbre creux, sous un rocher, au fond d'une ravine. Les mots tracés par la main de Charles Callaghan passaient et repassaient dans ma tête, et je les scrutais comme on guette une lueur au bout du tunnel.

Au terme d'un quart d'heure de marche, j'aperçus devant moi une silhouette familière. Lucy allait d'un pas énergique sur un sentier qui traversait le bois de noisetiers auquel Hazelnut Manor devait son nom. Menant, selon l'habitude des enfants Callaghan, sa vie en solitaire. Où se rendait-elle ainsi ? Je la suivis de loin, remarquant bientôt qu'elle était chaussée de bottes et non de ses habituelles baskets délacées. Son allure m'indiquait qu'elle avait certainement un but et qu'il ne s'agissait pas d'une simple promenade.

Le regard fixé sur Lucy, je faillis ne pas le repérer. Il arrivait de la droite, avançant comme une ombre, presque accroupi. Il tenait à la main une sorte de badine. Je reconnus sans peine mon agresseur de l'avant-veille. Lucy lui tournait le dos sans méfiance. La leçon que je lui avais donnée n'avait pas suffi. Il lui fallait une nouvelle proie. Cette fois, s'attaquant à une gamine de quatorze ans, il ne prenait pas trop de risques. Je bénissais l'inspiration qui m'avait conduit dans cette direction, imaginant aisément quelles pouvaient être les intentions de l'étrange personnage.

Au lieu de crier pour alerter Lucy comme j'y songeai d'abord, j'accélérai et me mis à courir au ras des taillis. Une brusque et curieuse envie de drame me poussait à ne surgir qu'au dernier moment. Je ne doutais pas que le garçon se souviendrait de moi et qu'il prendrait la fuite à ma seule apparition. Il y avait deux cents mètres à franchir.

Percevant sans doute ce qui se tramait derrière elle, Lucy se retourna soudain au moment où je m'élançais pour de bon. Le garçon me découvrit au même instant. Il leva la main et je vis alors distinctement ce qu'il tenait : une cravache. Je crus qu'il allait faire front et se défendre avec cette arme cinglante. Mais le hurlement de Lucy sembla le paralyser. Il la regarda d'un air hébété et jeta la cravache à ses pieds avant de filer dans les sous-bois.

Je décidai de le prendre en chasse et de revenir plus tard rassurer Lucy. Il fallait que j'aie une petite explication avec cet individu.

— *Dan ! Stop that ! Dan !*

Je m'arrêtai, intrigué par la violence des cris de Lucy. Elle paraissait plus furieuse qu'effrayée. A contrecœur, je revins vers elle, laissant filer son agresseur. Bêtement, je lui demandai comment elle allait.

— Quel imbécile ! Tu lui as fait peur !

— Mais il allait... il voulait..., bredouillai-je.

— Viens ! Il faut le rattraper !

Elle m'entraîna par des chemins qu'elle semblait connaître par cœur, sans répondre à mes questions. J'aurais pourtant bien voulu comprendre le pourquoi de sa mauvaise humeur. Finalement, elle marmonna une phrase que je ne saisis qu'à moitié, à propos d'un cheval. Je vis alors qu'elle avait ramassé la cravache.

Je constatai sans surprise que Lucy se dirigeait

vers la vieille maison de pierre que j'avais découverte deux jours plus tôt.

– C'est là qu'il habite, n'est-ce pas ?

– Leonardo ? Oui. Avec sa mère.

Leonardo. Ça ne lui allait pas mal.

– Tu n'as quand même pas l'intention de lui
rendre visite ?

– Pourquoi pas ? Il est très gentil.

Lucy s'immobilisa pour reprendre son souffle
et se tourna vers moi.

– Il est un peu bizarre mais ce n'est pas de sa
faute. Il est tombé d'un arbre quand il était petit.

Elle fit un geste avec les mains, comme si elle
brisait une branche. D'après ses explications,
Leonardo s'était rompu l'échine et n'avait recom-
mencé à marcher qu'après avoir passé de nombreux mois cloué sur son lit. Il était resté bancal,
de corps et d'esprit.

La perspective d'une visite chez le malheureux
Leonardo ne m'enthousiasmait guère. Mais Lucy
tenait apparemment beaucoup à ma présence. De
près, la bâtisse avait l'air encore plus vétuste et
misérable que dans mon souvenir. L'intérieur en

était si sombre que je crus d'abord déserte la grande pièce au sol de carreaux rouges. Il y faisait très chaud. En ce mois de juillet écossais, l'énorme poêle de fonte laissait voir un foyer tapissé de braises.

– Lucy ! Lucy !

Il me fallut regarder attentivement la dame à cheveux blancs pour admettre qu'elle n'était sans doute pas aussi âgée qu'il y paraissait. Elle était assise dans un fauteuil de rotin dépenaillé et reprisait un gros pull-over de laine. Lucy lui apprit comment je m'appelais puis me la présenta :

– Mrs. McInnis.

Ce nom m'était familier. Mais pourquoi ? Je n'avais pas eu l'occasion de rencontrer grand monde depuis mon arrivée en Écosse. Oui, bien sûr. Ned m'avait parlé des McInnis. Et même longuement. Ainsi s'appelait le fameux régisseur auquel Charles Callaghan avait confié son manoir pendant les trente années qu'avait duré son absence. Je ne pouvais croire à une coïncidence.

Mrs. McInnis s'était levée. Elle donnait la curieuse impression de s'activer fébrilement sans rien faire, prenant un objet puis le reposant, arpentant sans but apparent la pièce qui lui servait à la fois de salon et de cuisine. Cette femme rongée par l'anxiété était donc la descendante du régisseur ! Habitant sans doute la maison où ses ancêtres s'étaient repliés deux siècles auparavant, après avoir été chassés d'Hazelnut Manor ! A moins d'un mile du manoir des Callaghan...

– *Some tea ?* proposa-t-elle.

Lucy et moi acceptâmes, ce qui sembla mettre Mrs. McInnis en transe.

– *Oh ! Some tea, some tea...*

Au moins savait-elle à présent que faire de ses mains. Tout en nettoyant la théière, elle interrogea Lucy au sujet de Leonardo. Le garçon n'était pas encore rentré. Lucy haussa les épaules, puis se posta près de la fenêtre. Bientôt, elle tendit le bras en direction de l'allée. Un petit cheval gris gambadait tranquillement, la selle de travers sur le dos.

– Ben ! m'annonça-t-elle.

Délaissé, il revenait seul à la maison.

Lucy m'expliqua que l'équitation était sa passion.

Elle rêvait de posséder un cheval. Mais il n'y avait jamais eu de cavaliers chez les Callaghan, seulement des chasseurs. Sans parler des distillateurs.

– Leonardo marche mal mais il monte très bien, me dit-elle. Ben lui appartient. Il me le prête de temps en temps.

– Je suis désolé, répondis-je. Je ne savais pas.

Je commençais à prendre conscience de l'impair que j'avais commis. Mon irruption maladroite avait gâché le rendez-vous équestre de Lucy.

– *Tea ! Tea !* appelait Mrs. McInnis.

– Peut-être devrions-nous partir à la recherche de Leonardo ? proposai-je.

– Ne t'inquiète pas pour lui. Il a l'habitude d'être traité de cette façon.

Lucy avait prononcé ces mots sans intention particulière mais je rougis de honte.

Nous nous assîmes près du poêle. Le thé était servi dans des tasses bleues ébréchées, sur une table basse. Mrs. McInnis s'agitait sur sa chaise, cherchant sans doute comment engager la conversation. Soudain, son visage s'éclaira.

– Je l'entends, dit-elle.

– Leonardo va finir par se montrer, me confirma Lucy.

Alors, d'une voix douce, sans jamais me regarder, Mrs. McInnis entreprit de me livrer d'étonnantes confidences. Elle me raconta comment Leonardo était tombé d'un arbre en jouant avec un autre garçon, qu'elle ne nomma pas. Mais je devinai qu'il s'agissait de Ned. Leonardo avait alors onze ans. Il en avait aujourd'hui dix-neuf. Elle m'avoua que cela avait brisé ses espoirs. Je sus ce qu'elle entendait par là, rien qu'à la façon dont elle considéra Lucy. Mrs. McInnis avait rêvé de réaliser ce qui jamais n'avait pu advenir au cours des deux siècles écoulés : réconcilier enfin les deux familles. Unir les deux enfants et redonner aux McInnis leur place au manoir des Callaghan.

Une vilaine pensée me traversa l'esprit. Oui, je me demandais de quelle façon Leonardo, qui donc jouait sans doute avec Ned, était tombé de son arbre.

Lucy regardait derrière moi. Je me retournai. Leonardo était là, accroupi sur le seuil de la pièce, à demi dissimulé par un vaisselier. Il eut un mouvement de recul mais un geste de Lucy l'apaisa. Je décidai de ne plus prêter attention à lui. Mrs. McInnis me parlait.

– Il paraît que vous êtes un grand détective.

Je jetai un coup d'œil surpris à Lucy.

– Toute l'Écosse est au courant, se moqua-t-elle. Depuis hier.

– Je vois.

Mrs. McInnis continuait de m'examiner, comme si elle s'efforçait d'évaluer mes capacités. Mais elle changea brusquement de sujet.

– Leonardo est le dernier des McInnis.

Elle secoua lentement la tête, pour appuyer ses propos. La longue lignée du régisseur de Charles

Callaghan s'interrompait avec ce malheureux garçon, qui probablement n'aurait pas de descendance. Des larmes coulaient sur les joues de Mrs. McInnis. Embarrassé d'être confronté à la détresse de cette femme, je me tortillai sur ma chaise.

Mrs. McInnis émit un sinistre petit rire et se leva soudain en proposant :

– *Cookies ?*

J'acceptai avec reconnaissance la diversion. Elle tourna un moment dans la pièce avant de mettre la main sur une grande boîte ronde au couvercle orné d'un Écossais en kilt jouant de la cornemuse.

– *Cookies, cookies...*, répétait-elle.

Elle me tendit la boîte ouverte. Sur un lit de miettes, une colonie de fourmis escaladait quelques biscuits en bataille. J'attrapai l'un d'eux sans rien dire et l'époussetai discrètement.

Mrs. McInnis reprit place sur son siège. Au passage, elle saisit la main de Lucy.

– Lucy est une bonne personne, me confia-t-elle.

Par là, compris-je, elle sous-entendait qu'il ne fallait pas forcément en penser autant de tous les Callaghan.

– Une personne fidèle, Mr. Martin. Elle se souvient, elle !

J'interrogeai Lucy du regard mais elle se contenta de m'adresser une grimace dont le sens m'échappa.

– Nous, nous avons toujours été fidèles, reprit Mrs. McInnis. Et nous avons continué de vivre ici, pauvrement. *Cookies ?*

– Merci. Ça ira.

Dan Martin, grand détective, n'en apprit pas beaucoup plus ce matin-là. Certes, je sentais que Mrs. McInnis avait d'autres secrets à confier, qui peut-être lui brûlaient les lèvres. Je n'eus pas le cœur de les lui arracher, moi dont c'est pourtant le métier de faire parler les gens.

– Tu sauras retrouver ton chemin ? me demanda Lucy.

– Je crois.

Je rentrai seul au manoir, la laissant en compagnie des McInnis.

Chapitre 5

L e déjeuner fut plutôt pénible. Les hommes de la distillerie étaient revenus et, tout en mangeant, nous entendions le vacarme produit par leurs travaux de déblaiement. Cela ne favorisait pas la conversation. Et chaque fracas sonnait à mes oreilles comme un reproche.

Ned me demanda mollement quelles étaient mes intentions pour l'après-midi. Cependant, il ne m'offrit pas sa compagnie. Pour ma part, j'étais persuadé d'avoir laissé passer ce matin-là l'occasion d'en apprendre davantage sur l'histoire des McInnis et des Callaghan. Et donc, peut-être, sur ce qu'était devenu le trésor. Le repas terminé, je montai à ma chambre. Le temps était à l'humidité et rien ne me tentait plus qu'une méditation tranquille, allongé sur mon lit. Ce que d'aucuns nomment une sieste. Contrairement à mon regretté confrère Holmes, je n'avais ni goût pour la morphine ni talent pour le violon. Il faudrait que les idées lumineuses me viennent par d'autres moyens.

Je faillis ne pas voir le morceau de carton posé sur le bureau. Un rectangle tout simple où figurait un plan. Je le contemplai d'un œil intrigué. Soudain, mon cœur se mit à battre comme si ce lieu marqué d'une croix, fatalement, obligatoirement, devait correspondre à l'emplacement du trésor que je traquais en vain depuis des jours. Les indications étaient rudimentaires. Quelques lignes traçant des chemins, deux carrés hachurés signalant l'un le manoir, l'autre la maison des McInnis, un petit cercle figurant sans doute un étang. La croix semblait indiquer le centre d'une clairière, les cinq gribouillis en forme de nuage qui l'entouraient voulant apparemment évoquer des arbres.

J'enfilai ma parka et quittai le manoir, au

moment précis où les employés de la distillerie s'éloignaient enfin avec leur pelleteuse. Je doutais qu'on me la prête si jamais je parvenais à localiser le lieu suggéré par la croix. Les Callaghan estimaient certainement que les travaux de terrassement avaient assez duré. D'ailleurs, plus j'y songeais, plus il me paraissait évident que ce plan ridicule était une farce imaginée par Ned.

A l'emplacement présumé de la croix, je découvris un tapis de feuilles mortes et quelques champignons verdâtres auxquels je n'aurais touché pour rien au monde. Je me surpris à gratter le sol à l'aide d'un bâton comme si pépites ou diamants pouvaient pousser sur ce sol détrempé. Au moment où j'allais renoncer à explorer ce lieu pareil à cent autres dans le domaine des Callaghan, un rire moqueur parvint à mes oreilles.

En cet instant, le trésor des Callaghan avait le cheveu roux et les yeux verts. Un regard cependant plus brillant qu'à l'ordinaire et une tignasse mieux disciplinée. Quand Lucy s'approcha de moi, je lui vis aux pieds des baskets impeccablement lacées. Plus près encore, je découvris avec stupeur qu'elle avait peint ses lèvres et maquillé son visage en sorte de masquer les bleus et balafres qu'elle arborait perpétuellement. Les deux bras qu'elle jeta à mon cou flottaient en revanche comme toujours dans des manches de sweat-shirt XXL.

– Lucy ?

Elle se haussa sur la pointe des pieds pour m'embrasser avec une fougue dont, supposai-je, seules sont capables les rousses d'Écosse. Puis susurra ces mots stupéfiants :

– *Dan, marry me.*

Une expression suffisamment proche du français pour ne me laisser aucun doute sur sa signification. C'était la première proposition de mariage que je recevais depuis bien des années.

Lucy m'embrassa encore et prononça une phrase que je dus lui demander de répéter, hésitant à comprendre ce qu'elle signifiait. Lucy me suggérait de l'enlever. Elle voulait quitter l'Écosse et fuir son pays pour la France, imitant en cela son ancêtre Charles. Une image absurde me traversa l'esprit : Lucy et Dan chevauchant à travers la lande sur la même monture, moi devant, elle en croupe...

Deux ou trois mille objections m'apparurent immédiatement mais, l'espace d'un éclair, toutes s'effacèrent devant celle-ci, que rien n'aurait pu me convaincre de formuler : la soudaine passion de Lucy était-elle sincère ou ne cherchait-elle à travers moi qu'un moyen de filer à l'écossaise ?

— Mais Lucy, marmonnai-je, je suis beaucoup trop jeune.

— Ne t'inquiète pas, chéri, moi aussi.

— Et... vivre avec une femme aux baskets délacées... je ne pourrai jamais.

— Tu n'as pas vu ?

— Si. Mais qu'est-ce qui me prouve que tu continueras à les lacer après notre mariage ?

Je lui opposai d'autres arguments, tout ce qui me passa par la tête. Je lui dis qu'un jour, comme Charles, elle voudrait rentrer au manoir, et que je ne supporterais pas de finir mes jours sous la pluie, à entendre des gens baragouiner cette langue pleine de rrr et de chuintements. Je lui dis que peut-être on finirait par découvrir le trésor des Callaghan et que j'étais trop fier pour vivre aux crochets d'une femme plus riche que moi.

– Tu cherches des excuses, Dan, gémit Lucy. Tu ne m'aimes pas vraiment.

– C'est à cause de ma mère, avouai-je enfin. Jamais elle n'acceptera que j'épouse une jeune fille qui boit.

– Tant pis pour toi, Dan !

Je lus sur son visage la même expression de fureur que j'avais vue dans ma chambre, le jour de mon arrivée au manoir.

Lucy s'éloigna en criant :

– Nous aurions pu être tous riches, tous !

Elle s'enfuit en brandissant quelque chose, un morceau de papier. Je m'élançai après elle parmi les taillis. Pendant une minute ou deux, je payai mon manque d'entraînement et perdis du terrain. Mais Lucy ne savait pas où aller. Quoi qu'elle fasse, je finirais par la rattraper. Je la vis zigzaguer, comme l'un de ces gibiers que chassait Ned. Peut-être ne désirait-elle pas vraiment me semer ?

Elle sauta dans les bruyères, contourna un arbre, fit jaillir l'eau d'une mare, escalada la pente détrempée d'une butte. Quand j'en atteignis péniblement le sommet, elle avait disparu. Mais il ne me fut pas difficile de deviner où elle se trouvait. Devant moi, parmi quelques maigres bosquets, se tenait une grange bancale, ouverte à tous les vents.

– Lucy ?

Un hennissement. Ce n'était pas exactement la réponse que j'attendais.

– *Hello, Ben !*

J'allai lui tapoter amicalement la croupe. Mieux valait entretenir de bons rapports avec le fier destrier sur lequel j'étais censé enlever ma promise. Des Highlands jusqu'au rivage de la Manche, cela faisait une trotte. Ensuite, les choses risquaient de se compliquer.

– Lucy ! Comment allons-nous traverser le *Channel* ? Eurostar ou ferry ? Par où passent les chevaux ?

– Ben est un cheval magique. Il vole.

Elle sortit de son tas de foin. Je me jetai sur elle

et nous roulâmes dans la paille craquante. Je l'immobilisai sur le dos, haletante. Nous étions couverts de boue, de sueur et de brindilles.

— Si j'avais de l'argent, j'achèterais un cheval. Rien qu'à moi. Un grand cheval noir. Et toi ?

— La liste serait trop longue. Qu'est-ce que c'était ?

— Quoi ?

— Ce papier.

J'avais relâché mon étreinte. Lucy en profita pour se dégager. Elle roula sur le dos, s'éloigna un peu, s'assit contre une meule. Très lentement, elle sortit le fameux bout de papier de la manche de son sweat-shirt et le déplia. Le tenant sous son nez, elle se mit à lire une suite de mots qui sonna à peu près ainsi à mes oreilles :

— Antipaniltime et de dicit il itait...

— Qu'est-ce que tu marmonnes ? C'est du français ?

Elle me le confirma d'un hochement de tête. Mais, prononcé de cette façon atroce, c'eût pu être aussi bien du hongrois.

— Montre.

J'approchai doucement, à genoux, comme pour apprivoiser un animal craintif.

– *Stop !* cria-t-elle.

J'eus le temps de voir qu'il s'agissait d'une feuille de papier quadrillée, arrachée à un cahier d'écolier. Lucy la roula en boule et ouvrit grand la bouche, feignant de l'avaler.

– C'est l'autre partie, Dan. Tu comprends ?

Oui, mais j'avais du mal à l'admettre.

– Où as-tu eu ça ? Je ne peux pas le croire.

– Je l'ai recopié. Mrs. McInnis m'a autorisée à le faire.

– Mrs. McInnis ?

J'avançai de quelques millimètres encore. Lucy fourra la boule de papier entre ses dents.

– Tu ne vas pas manger ça, voyons ! Dis-moi ce que tu veux, à la fin !

Lucy n'avait pas l'air de le savoir elle-même. Je crois qu'elle avait simplement envie de parler. Alors, je m'installai tranquillement dans le foin, le regard tourné vers Ben, et j'attendis. Il y eut un long silence puis elle commença :

– Après avoir écrit son énigme, Charles

Callaghan l'a coupée en deux, m'expliqua-t-elle. Il a donné une moitié à ses fils et l'autre aux McInnis. Il voulait que les deux familles s'entendent, qu'elles cherchent ensemble et qu'à la fin, elles partagent le trésor.

Je ne fus pas particulièrement surpris par cette déclaration.

– Les fils de Charles étaient au courant que l'énigme était en deux parties, mais ils se sont crus les plus forts. Ils pensaient pouvoir trouver avec leur moitié seulement.

Malgré leur échec, ils avaient persisté à ignorer le régisseur et les siens. Puis, au fil du temps, les Callaghan avaient fini par oublier. Jusqu'au jour où Mrs. McInnis, témoin de la sympathie qui naissait entre Lucy et son fils Leonardo, s'était mise à nourrir des rêves de réconciliation et même d'union. En dépit du drame qui avait frappé Leonardo, elle avait confié son secret à la jeune fille.

– Je lui ai affirmé qu'elle n'avait rien à attendre des Callaghan, déclara Lucy d'un ton dur, et qu'elle ferait mieux de continuer à se taire. Mais, ce matin, après ton départ, Mrs. McInnis m'a dit que la présence à Hazelnut Manor d'un brillant détective français était une chance inespérée.

– Vraiment ?

Lucy m'adressa un petit rire impertinent.

– Vraiment. C'est quelqu'un de très généreux, Dan. Elle estime que si cet argent peut profiter aux Callaghan... enfin, à moi surtout, je crois... il faut essayer de dénicher le trésor. Elle se moque d'avoir sa part ou pas. Mais moi, je ne veux pas la voler. Ce serait trop injuste.

– Je peux voir ?

– Est-ce que tu m'emmèneras en France ?

– Non.

Lucy prit le temps de la réflexion. La façon dont elle chiffonnait la boule de papier me rendait un peu nerveux.

– Crois-tu qu'il existe réellement, ce trésor ? me demanda-t-elle.

– Je ne sais pas. Pourquoi pas ?

– A mon avis, Mrs. McInnis a cessé d'y croire. Elle pense que Charles Callaghan a inventé cette fable pour obliger les deux familles à se réconcilier.

Mrs. McInnis pouvait bien se montrer généreuse, en effet, si elle ne croyait pas à l'existence du trésor ! Je songeai de nouveau à La Fontaine, au laboureur et à ses enfants.

— Peut-être, dis-je. Montre toujours.

— Attends. Promets d'abord.

— Quoi ?

— Qu'on partagera avec Mrs. McInnis et Leonardo. Et que j'aurai ce que je veux. Un cheval noir. Un gros chien qui ne sait pas chasser. Une télé dans ma chambre. Une robe de dentelle. Un collier de perles.

Lucy me prenait pour le père Noël. Elle me faisait sa liste. Et, par ma barbe blanche, elle rêvait d'une robe et d'un collier de perles ! Perdue dans ses songes, elle ne m'avait pas vu approcher. Elle poussa un cri au moment où je lui attrapai les poignets. Elle lutta pour la forme puis ouvrit la main et lâcha le papier. Je le ramassai, le dépliai. Lucy se jeta contre moi.

— Promets-moi, Dan.

Je lus par-dessus son épaule les premiers mots tracés sur la feuille quadrillée de son écriture encore enfantine.

— Tu es sûre d'avoir bien recopié ?

— Oui. J'ai fait très attention.

Elle m'étreignit plus fort et m'embrassa. Plusieurs baisers courts suivis d'un long. Les lettres dansaient devant mes yeux. Je ne comprenais rien. Alors, je baissai les paupières et me dis qu'une énigme qui avait attendu deux cents ans pouvait attendre quelques minutes de plus.

Je passai les dernières heures de l'après-midi puis, le dîner promptement avalé, une bonne partie de la nuit, à examiner le texte copié par Lucy. Le voici, tel que je le découvris :

antépénultième et
de XVII il était
son instrument
et faisait toucher
lui qui n'était pas
s'est fait pourtant
il est maintenant
l'ami du roi et

Ce qui, on en conviendra, ne semblait pas signifier grand-chose. Si on le faisait suivre du « fragment Callaghan », remis par Ned, cela donnait ceci :

> antépénultième et
> de XVII il était
> son instrument
> et faisait toucher
> lui qui n'était pas
> s'est fait pourtant
> il est maintenant
> l'ami du roi et
> préféré des parents
> le XVe enfant
> était de fer
> le ciel à la terre
> foudre de guerre
> l'égal de Jupiter
> au tombeau
> de Mirabeau

Ce qui, à mon sens, ne valait guère mieux. Logiquement, j'en déduisis que l'énigme n'avait peut-être pas été coupée de façon horizontale mais verticale. En rapprochant les deux moitiés, j'obtins ce qui suit :

préféré des parents antépénultième et
le XVᵉ enfant de XVII il était
était de fer son instrument
le ciel à la terre et faisait toucher
foudre de guerre lui qui n'était pas
l'égal de Jupiter s'est fait pourtant
au tombeau il est maintenant
de Mirabeau l'ami du roi et

Cela ne s'arrangeait pas. Mais, bien sûr, il y avait une seconde possibilité. En inversant les textes, je lus :

antépénultième et préféré des parents
de XVII il était le XVᵉ enfant
son instrument était de fer
et faisait toucher le ciel à la terre
lui qui n'était pas foudre de guerre
s'est fait pourtant l'égal de Jupiter

il est maintenant au tombeau
l'ami du roi et de Mirabeau

Considérée de la sorte, l'énigme de Charles se tenait. Elle avait même une certaine allure. Évidemment, j'aurais voulu qu'elle déclenche en moi un déluge d'inspiration. J'aurais aimé surtout qu'elle semble indiquer un lieu particulier. Or elle désignait plutôt une personne. Je savais désormais, grâce à un coup d'œil sur l'*Encyclopædia Britannica*, qu'il ne s'agissait probablement pas de Jean-Sébastien Bach, lequel n'avait pas eu dix-sept enfants (seulement !) mais vingt, de deux épouses différentes. D'ailleurs, si je comprenais bien, il me fallait découvrir non un prolifique géniteur mais un personnage né le quinzième d'une ribambelle de dix-sept enfants. L'enquête promettait d'être aussi longue qu'ennuyeuse.

Que savais-je encore ? Que notre invité mystère était mort (« au tombeau »). Mort bien sûr à l'époque où Charles avait écrit ces lignes. Cela ne réduisait pas le nombre des suspects de façon considérable. Et aussi qu'il était à la fois l'ami du roi (Louis XVI ?) et de Mirabeau. Là, je l'avoue, je séchais lamentablement. Je connaissais le nom de Mirabeau, à cause du pont et du poème, mais j'ignorais presque tout de sa biographie. On m'objectera que ce genre de lacune peut être réparée. Mais, aurais-je su qu'il s'agissait d'un brillant orateur, partisan d'une monarchie constitutionnelle et malencontreusement décédé alors qu'il venait d'être élu président de l'Assemblée constituante (ce que j'appris par la suite)... que je n'aurais pas été très avancé. Quel rapport en effet entre cet éminent homme d'État et le trésor d'Hazelnut Manor ? Et qui étaient ses amis ? Sans doute des gens comme Danton ou Robespierre. Mais ceux-là n'étaient pas les amis du roi.

J'en étais là de mes cogitations quand on gratta à ma porte. Je traversai un moment d'embarras à l'idée de voir Lucy surgir dans ma chambre en pleine nuit mais j'ouvris cependant. C'était Ned.

– J'ai vu qu'il y avait de la lumière, me dit-il. J'ai pensé que tu ne dormais pas.

— Excellente déduction, *dear Ned*. Toi non plus, à ce que je vois.

Il s'assit sur mon lit sans attendre mon autorisation.

— J'ai eu une longue conversation avec Lucy, m'apprit-il. Félicitations, *old boy*, je crois que tu as fait une conquête.

Je me sentis devenir écarlate. Que diable lui avait-elle raconté ?

— Les négociations ont été rudes, poursuivit Ned avec un large sourire, mais nous sommes parvenus à un accord sur le partage. Je ne suis qu'à moitié satisfait mais enfin, il faut savoir faire des concessions.

— Le partage ?

— Tu as raison. Il est légitime que tu sois au courant. Alors voilà. Vingt-cinq pour cent pour les McInnis, ce qui, très franchement, me paraît excessif. Après tout, c'est la fortune de Charles, mon ancêtre, l'argent des Callaghan, quoi.

Il marqua une pause, quêtant sans doute mon approbation.

— Ensuite ?

— Vingt-cinq pour cent pour Lucy, pareil pour moi et le reste pour nos parents. Nous avons décidé de faire quatre parts égales, tout simplement. Tu comprends ?

— A merveille. Il y a juste un détail qui me chiffonne.

Ned ne me permit pas d'achever.

— Oui, je sais. Je dois t'avouer que cela me préoccupe aussi. Vois-tu, par certains côtés, Lucy paraît très mûre pour son âge mais, en réalité, ce n'est encore qu'une gamine.

— Ned, je...

— Je vais te dire ce qui me paraîtrait raisonnable. Le mieux serait de laisser passer deux ou trois ans, afin de voir comment évoluent vos sentiments et...

— Ned, je t'assure...

— Tu n'es pas d'accord ?

— Non. Enfin si. C'est ça. On en reparle dans trois ans.

Ned parut soulagé. Son sourire s'élargit encore.

— Alors maintenant, dis-moi... Où est-ce ?

Je fus tenté de feindre l'incompréhension.

A quoi bon ? Je savais parfaitement de quoi il me parlait.

— J'ai besoin de réfléchir...

— Tu as l'énigme complète, non ? Lucy ne m'a pas raconté d'histoires ?

— Il semblerait, oui...

— Montre !

Ned bondit sur ses pieds et vint se pencher près de moi. Un petit filet de mots coula en sifflant de ses lèvres tandis qu'il déchiffrait à mi-voix le texte recomposé par mes soins.

— Antépénultième ? Qu'est-ce que c'est ?

— Avant-avant-dernier.

— Ah ?

— Il y a dix-sept enfants. L'antépénultième, c'est le quinzième.

— Bravo, Dan ! Génial ! Continue !

— C'est tout.

— Comment ? Tu as cette énigme depuis des heures et tu n'en es qu'à la deuxième ligne ?

J'émis un ricanement un brin forcé.

— Je t'écoute, Ned. Ne te gêne pas. Explique-moi la suite.

Il me contempla d'un air sidéré.

– Mais je ne suis pas détective, moi ! se récria-t-il. C'est toi ! C'est toi !

Deux fois, trois fois, il me flanqua des bourrades qui faillirent me jeter à bas de ma chaise.

– Hé ! Doucement !

– Tu te paies ma tête, là ! Qu'est-ce que tu me caches ?

– Moi ? Mais rien. Malheureusement...

La mine dépitée de Ned aurait pu prêter à rire. En l'observant, je perçus cependant en lui quelque chose qui me déplut fortement. Ned ne me croyait pas. Il me soupçonnait. On sait qu'il ne faut jamais mélanger les amours et les affaires. Malgré moi, je me trouvais pris au piège forgé involontairement par Lucy. Qu'imaginait Ned au juste ? Peut-être l'ignorait-il lui-même. J'aurais pu en cet instant lui souffler deux hypothèses. Soit son ami Dan avait profité de la naïveté de Lucy pour obtenir la seconde partie de l'énigme, envisageant de mener l'enquête en solitaire et de filer avec le magot. Soit, par l'or alléché, il avait plus modestement entrepris de séduire la belle, afin de mettre la main sur la part de butin promise à la rousse héritière. Deux scénarios si ridicules que Ned devait hésiter à les considérer avec sérieux. Mais je ne l'en sentais pas moins rongé par le poison de la suspicion.

— Tu as Internet ? lui demandai-je, afin de dégeler l'atmosphère.

Il haussa les épaules.

— Non. Pour quoi faire ? Charles Callaghan ne l'avait pas non plus, je suppose.

— On aurait pu essayer d'obtenir certaines informations de caractère historique. Je ne suis pas très calé sur le XVIIIe siècle.

Ned fit la moue.

— Et cet instrument de fer, qu'est-ce que tu en penses ?

Il n'avait pas été dans mes intentions de lui montrer la liste que j'avais entrepris de dresser, tant elle semblait absurde. Mais si cela pouvait adoucir un peu son humeur...

— Une fourchette, un couteau, une hache, récitai-je. Un tournevis, une faux, une pioche...

— Tu as oublié les pelles et les cuillers, Dan.

– Oui.

– Et deux ou trois mille autres objets.

– Je sais.

– Je crois que je vais aller me coucher, Dan.

– Moi aussi.

– Non, pas toi. Toi, tu vas avoir besoin de toute la nuit pour réfléchir.

La visite de Ned avait brisé net mon enthousiasme. Le lendemain matin, il m'acheva en déclarant dès le petit déjeuner :

– Sacré Dan ! Tu m'as bien eu avec tes histoires de détective. Quand je pense que j'ai avalé ça. Que tu avais un bureau, que tu menais des enquêtes, que tu volais de succès en succès et que toutes les filles te tombaient dans les bras.

Je m'abstins de répliquer que sa sœur ne paraissait pas insensible à mon charme.

– J'ai quand même obtenu la seconde partie de l'énigme, fis-je remarquer.

– Lucy l'a obtenue de Mrs. McInnis, rectifia-t-il.

– Sans moi..., protestai-je.

– Sans toi, nous en serions exactement au même point. Nulle part.

Il m'agaçait.

– Je trouverai ! m'exclamai-je.

– A moins que je ne trouve le premier, riposta Ned.

– Très bien ! Que le meilleur gagne.

Les deux jours qui suivirent furent extrêmement pénibles. Ned me surveillait et je surveillais Ned. Nous nous promenions l'un et l'autre, tantôt dans le manoir tantôt dans le parc, un bout de papier à la main. Mais cherchions-nous vraiment à résoudre l'énigme ? Nous étions bien trop occupés à nous espionner. Quand je soulevais une pierre, Ned auscultait un caillou. Quand il tapotait une plinthe, je faisais résonner une latte de plancher. Il se plongea dans l'*Encyclopædia Britannica*, je descendis des étagères poussiéreuses les œuvres complètes de Walter Scott. Il fouilla la cuisine en quête de tous les instruments de fer, je m'attaquai à la réserve d'outils de jardinage. Mais aucun de nous ne se montra foudre de guerre ni l'égal de Jupiter, et l'ami de

Mirabeau conserva le secret qu'il avait emporté au tombeau.

Délaissée, Lucy boudait. Observer à distance la rivalité qui m'opposait à son frère ne l'avait amusée que le temps d'une matinée.

Le dimanche, à table, elle nous déclara d'un ton aigre qu'elle regrettait d'avoir arraché le document à Mrs. McInnis, qu'elle estimait depuis toujours qu'il était préférable de le laisser où il se trouvait et qu'elle avait eu bien tort de changer d'avis. Ned et moi l'écoutâmes en scrutant notre assiette dans un piteux mutisme.

Ironie du sort, ma dernière journée écossaise se déroula sous un ciel presque entièrement bleu. Lucy s'approcha de moi tandis que je profitais d'un doux soleil dans l'allée principale du parc.

– Tu vas m'oublier, soupira-t-elle tristement. Dans six mois, tu ne sauras même plus à quoi je ressemble.

Comme je la serrais contre moi pour mieux la convaincre qu'elle se trompait, je me souvins soudain que j'avais emporté dans mes bagages un appareil photo dont je n'avais pas fait le moindre usage.

– Viens, lui dis-je, on va fabriquer plein de petits souvenirs.

Trois heures plus tard, j'avais épuisé les vingt-quatre poses de la pellicule. Demain lundi, j'emporterais dans un boîtier noir tout ce qu'Hazelnut Manor comptait de trésors : Lucy, Ned, Ben, les bruyères, Lucy, Mr. et Mrs. Callaghan, Lucy, la maison des McInnis, le manoir, et Lucy, Lucy, Lucy...

Chapitre 6

Je mentirais en prétendant que mon séjour écossais m'était sorti de l'esprit. De passage dans le Sud-Ouest de la France, j'envoyai à Lucy et Ned une carte postale destinée à leur apprendre ce qu'était une longue plage de sable fin sous un ciel bleu. Non, je ne les oubliais pas. En revanche, j'avais décidé de tracer une croix sur l'énigme et de classer le dossier « trésor des Callaghan ».

Vers la fin du mois d'août, je quittai ma cabane de détective pour rendre visite à mon vieil ami Freddy. A l'approche de la rentrée scolaire, le rédacteur en chef à vie du *Canard Boiteux* commençait à méditer sérieusement sur le numéro de septembre de son journal collégien.

– J'aimerais bien échapper aux éternels marronniers, me dit-il, mais comment faire ?

– Aux marronniers ?

– Oui, tu sais, ces sujets qui reviennent chaque année à date fixe. On appelle ça un marronnier, dans le métier.

– Par exemple ?

La Fouine me désigna la grande feuille étalée sur son bureau. On y voyait dessinée une série de rectangles figurant l'emplacement des articles. La maquette du futur numéro du *Canard Boiteux*. Puisqu'on en était aux termes professionnels, il m'apprit que cela s'appelait un chemin-de-fer.

– Là, page trois : *Nouveaux profs, qui sont-ils ?* Ou bien page deux : *Ils nous ont quittés.*

– Beaucoup de morts, cet été ? m'étonnai-je.

– L'établissement, Dan ! Qui ont quitté l'établissement ! Tiens, regarde. J'ai prévu un encadré : *Les Adieux émouvants de M. Guérini.* Sous-titre : *Une retraite bien méritée après trente et un ans de bons et loyaux services.*

– Sinon ?

– J'ai la reprise des activités du ciné-club, du

club d'échecs, du club du troisième âge, non, je plaisante et... euh... oh ! oui... en exclusivité, l'intégrale de la première semaine de cantine...

— C'est-à-dire ?

— Les menus, Dan ! Lundi, carottes râpées, rôti de porc jardinière de légumes, gruyère, fruits de saison... Mardi, salade mexicaine...

— D'accord, d'accord. Je me demande comment tu te débrouilles pour arracher des infos aussi confidentielles. A part ça ?

— Hum... page quatre : *Du neuf salle des profs.*

— Ah oui ?

— Ils ont donné un coup de peinture blanche début août. On parle même du branchement d'une cafetière électrique mais je n'ai pas pu obtenir confirmation officielle de l'information.

— Et de rigolo ? Tu n'as rien de rigolo ?

Freddy scruta son « chemin-de-fer ».

— Si ! si ! J'allais oublier. Une nouvelle rubrique. J'ai inventé ça cet été chez ma tante, près d'Elbeuf. Elbeuf. Je ne sais pas si tu vois...

— Non.

— Pas grave. Les rois méconnus.

– Pardon ?

– C'est ma nouvelle rubrique. L'idée m'est venue en feuilletant de vieilles encyclopédies. Il y a des trucs dingues dans l'histoire de France, tu ne peux pas imaginer. Par moments, on croirait lire un roman d'heroic fantasy, genre Tolkien, tu vois ?

– Vaguement.

– Écoute juste ça. Savais-tu qu'il y avait autrefois dans notre beau pays deux royaumes rivaux nommés Neustrie et Austrasie ?

– Pas possible !

Freddy hocha énergiquement la tête pour me convaincre de la véracité de ses propos.

– Et les noms des rois de cette époque, mon vieux, tu crois rêver. Je t'en cite quelques-uns ?

– Avec plaisir.

– Gontran, Clodomir, Chlodion, Sigebert, Raoul, Thierry, Caribert, Interrègne...

– Non, Freddy... interrègne, je pense que...

– Je te jure ! C'est dans les dicos.

Il me bassina pendant encore un bon quart d'heure avec les Mérovingiens et son fascinant projet de consacrer dans chaque numéro à venir du *Canard Boiteux* un article à l'un de ces grands méconnus de l'histoire. Voyant l'ennui se peindre sur mon visage, il s'interrompit enfin.

— Tu n'aurais rien, par hasard ? me demanda-t-il. Un truc un peu juteux... C'est la rentrée... le moment où les lecteurs renouvellent leur abonnement. Je suis sûr que tu vas me sortir une affaire de derrière les fagots. Hein, Dan ? Qu'est-ce que tu as sous le coude ? Un petit crime ? Un enlèvement avec rançon ?

J'hésitai avant de répondre :

— Moi aussi, j'ai fait quelques recherches historiques ces derniers temps mais...

— Non, Dan, s'il te plaît, pas ça. Autre chose, tu veux bien ?

— Eh bien, je peux te raconter mes vacances.

— Ouais ! Super ! Attends, je crois que j'ai le titre. *Dan Martin au Club.* Ou alors... *Dan Martin bronze encore !* Tiens, à propos, je ne te trouve pas très bronzé.

— Mon séjour dans le Sud-Ouest a été bref. Quant à l'Écosse en été...

– Pourquoi, c'est dans l'autre hémisphère ? Il fait meilleur l'hiver ?

– Alors, je te raconte ou pas ? A titre personnel, n'est-ce pas... Il n'est pas question d'en tirer un sujet pour ta feuille de chou.

Freddy haussa les épaules, fataliste.

– Je t'écoute.

Freddy me laissa parler près d'une demi-heure sans m'interrompre ou presque. Avec une politesse indifférente au début puis, dès qu'il fut question de trésor, l'œil brillant et la langue sortie. Quand j'eus terminé, je tirai de ma poche la feuille de papier où j'avais recopié l'énigme, et la lui montrai. Freddy passa un long moment penché au-dessus du texte, le menton posé sur les poings, tel Kasparov méditant sur le déplacement de ses pièces. Puis il se mit à réfléchir à voix haute.

– Quinze enfants... qui a eu quinze enfants... voyons... non, attends, commençons par les instruments... de fer, de fer... fer à repasser, non, chemin de fer, non ... n'existait pas à l'époque, le chemin de fer... bon alors Mirabeau... les amis de Mirabeau... Jupiter... quel rapport entre Jupiter...

— Laisse tomber, dis-je, j'ai déjà épuisé tout ça.

Il replia le bout de papier et le jeta dans ma direction (Kasparov, lui, couche le roi pour indiquer qu'il abandonne).

— Jamais été mon fort, grommela-t-il. Les devinettes, les charades, les rébus, les mots croisés, ce genre de trucs. Tu sais ce qui serait bien ? Ce serait de publier ton énigme dans le *Canard*. Dix pour cent du trésor pour celui qui donne la solution.

Mon regard le dissuada d'insister.

— Dommage... J'aurais multiplié les ventes par cent. A part ça, c'est joli, comme endroit ?

— Oui, oui.

— Verdoyant ?

— Plutôt. Tu veux voir ? Je suis passé chez le photographe en venant. Un bail que je les avais déposées, ces photos, mais monsieur a cru bon de fermer boutique pendant trois semaines sans prévenir.

— Le mois d'août, commenta Freddy.

— Oui, le mois d'août. Je te montre ?

La Fouine se lécha les babines avec gourmandise.

— Je sens que je vais me régaler, dit-il. Tu ne

vends rien à *Match* avant de m'avoir branché, hein ? Ton prix sera le mien.

Je faillis remballer mes clichés. Mais je ne les avais pas encore admirés, à peine un coup d'œil chez le photographe. Et ça me faisait plaisir, à moi, de les regarder.

— Là, c'est Ned, commençai-je. C'est mon correspondant.

— Sympa ?

— Si on veut. Voilà ses parents, *Mr. and Mrs. Callaghan.*

— Fais des diapos, la prochaine fois. On organisera une projection au ciné-club.

— Et là, c'est Lucy.

— Ah !

Je ne sais pourquoi, cette photo éveilla chez Freddy davantage d'intérêt.

— La jeune fille de la maison, hein ? Oh ! oh ! Encore elle ? Et encore... encore...

Il me jeta un coup d'œil amusé en continuant de faire défiler les portraits. Lucy, neuf fois, de près, de loin, souriante, grognon, tirant la langue, gamine ou grande dame...

— Je ne te connaissais pas ce goût pour les rousses.

— Il y a aussi des photos du parc et du manoir, signalai-je.

Mais seule Lucy semblait l'intéresser.

— Et tu lui parlais anglais ? *I love you* et tout ça ?

Il se pencha pour scruter son visage.

— Tiens, remarqua-t-il, sur celle-là, on dirait qu'elle pleure.

— Mais non, répondis-je en récupérant promptement le cliché, c'est juste un reflet. Regarde plutôt : la bruyère. C'est un pays de bruyère.

— Fascinant. Dis donc, pas mal la baraque. Ça doit coûter un maximum à entretenir. Je comprends qu'ils le cherchent, leur magot. Et toi, ce qui t'intéresse, dans cette affaire, c'est plutôt le fric ou plutôt la petite ? Ou les deux ?

On voyait le manoir sous toutes les coutures, de face et de profil, avec personnages et avec arbres, à trois heures, à quatre heures et à cinq heures. Freddy admira la bâtisse pendant un moment avant de s'exclamer :

— Mais t'exagères, Dan ! Il ne pleut pas tout le temps dans ce pays !

– J'ai eu assez de mal. Prendre le manoir sous le soleil, mon vieux... c'est plus dur que d'avoir Britney Spears avec son nouveau *boyfriend*.

J'aurais aimé lui faire croire que j'avais planqué pendant huit jours pour surprendre l'apparition du soleil. Freddy ricanait.

– Si, si, c'est très net. Il n'y a qu'un rayon, d'accord, mais on le voit bien.

– Bon, ça va.

Il rit de plus belle.

– Regarde ! Il tombe juste là !

– Là ?

Sur le toit. Et pour briller, il brillait.

– Qu'est-ce que c'est, à ton avis ? me demanda-t-il.

– Ça ? Ben, c'est... c'est un...

Enfer et damnation !

– Un instrument de fer ! m'exclamai-je.

Freddy me regarda drôlement.

– Oui, monsieur, et qui relie le ciel à la terre.

Je l'étreignis avec une vigueur un brin excessive avant de le planter là, sidéré.

— Il faut que je vérifie quelque chose, annonçai-je. Je t'appelle et je te raconte.

Cette fois, les encyclopédies que j'avais torturées en vain acceptèrent de parler.

La réponse se trouvait à la lettre F. Comme Franklin Benjamin.

Il n'est peut-être pas inutile ici de reproduire à nouveau le texte de l'énigme des Callaghan.

> Antépénultième et préféré des parents
> de XVII il était le XVe enfant
> Son instrument était de fer
> et faisait toucher le ciel à la terre
> Lui qui n'était pas foudre de guerre
> s'est fait pourtant l'égal de Jupiter
> Il est maintenant au tombeau
> l'ami du roi et de Mirabeau

Comme me l'apprirent mes lectures, Benjamin Franklin, né à Boston en 1706, était le quinzième enfant (sur dix-sept) d'un modeste fabricant de chandelles.

Dans un premier temps, j'admis que ce brillant

rejeton pouvait bien être, grâce à ses dons précoces, le préféré de ses parents.

Plus tard seulement, je compris l'astuce : dans la Bible, Benjamin est décrit comme le fils préféré de Jacob, si bien que ce prénom, par la suite, devint synonyme d'« enfant préféré de ses parents ».

Franklin avait passé en tout neuf années à Paris. Cet éminent citoyen américain, qui venait de participer à la rédaction de la Déclaration d'indépendance, gagna en France l'estime de nombreuses personnalités. Danton, Robespierre, La Fayette, Turgot...

Mais surtout Mirabeau, avec lequel il écrivit *Considérations sur l'ordre des Cincinnati*, et le roi Louis XVI qui lui offrit un portrait encadré de quatre cent huit diamants... Ah! j'allais oublier. C'était également un remarquable scientifique, spécialiste de l'étude des phénomènes électriques.

Benjamin Franklin était considéré comme l'inventeur du paratonnerre, l'instrument de fer grâce auquel l'homme s'était fait l'égal de Jupiter.

Et ce qui brillait sur le toit d'Hazelnut Manor, c'était ça : un paratonnerre.

J'écrivis sur-le-champ une lettre à Ned, pour lui suggérer de monter sur le toit du manoir et d'examiner l'instrument destiné à attirer la foudre. La réponse me parvint quelques jours plus tard. J'avais gagné.

Protégé par une fine épaisseur de fer, le paratonnerre installé par Charles Callaghan était constitué d'une tige d'or longue de cinq mètres. Soit plusieurs kilos de métal précieux, une petite fortune.

Le surlendemain, je recevais un colis posté en Écosse. Il pesait un bon poids. Je l'ouvris avec la fièvre qu'on devine.

Sous un matelas de paille, je découvris le présent généreusement octroyé par la famille Callaghan en remerciement de mes services efficaces : une bouteille de pur malt. Millésimé 1970, quand même.

Début septembre, enfin, me parvint une lettre signée Lucy.

Elle disait ceci :

Cher Dan,

Il y avait un trésor sur le toit du manoir depuis plus de deux cents ans et nous ne le savions pas. Pourquoi est-ce qu'il a brillé sur ta photo ? Ned dit que c'est peut-être la première fois qu'un rayon de soleil tombe là ! Moi, je crois que c'est plutôt comme le rayon vert. Tu connais cette histoire de la lumière verte qui apparaît sur la mer aux amoureux ? Oui, moi je crois que tu as vu le rayon d'or qui apparaît aux amoureux. Maintenant, le paratonnerre a été descendu. On a enlevé la feuille de fer qui l'entourait. Et j'ai bien peur que le rayon d'or ne brille plus jamais.

Lucy

L'auteur

Lorris Murail est né le 9 juin 1951 au Havre. Il écrit depuis l'âge de seize ans : il a publié de nombreux romans pour la jeunesse et pour les adultes, mais il est également critique, traducteur (Stephen King, V. S. Naipaul...) et journaliste spécialisé en gastronomie. Père de quatre filles, il vit actuellement à Paris.

FEB 1 8   DATE DUE

JUN 1 6

Maquette : Aubin Leray
Loi n°49-956 du 16 juillet 1949
sur les publications destinées à la jeunesse
ISBN 2-07-050809-9
Numéro d'édition : 130223
Dépôt légal : octobre 2004
Imprimé en Espagne
par Novoprint (Barcelone)